Colibri

Per Katie,
che è famiglia

Progetto grafico di collana: Clara Battello

Testo: Sara Marconi
Illustrazioni: Ilaria Urbinati

Impaginazione: Sara Storari
Redazione: Veronica Fantini

www.giunti.it

Via Bolognese, 165 - 50139 Firenze - Italia
Piazza Virgilio, 4 - 20123 Milano - Italia

Prima edizione: settembre 2018

MISTO
Carta da fonti gestite in maniera responsabile
FSC® C107127

Stampato presso Puntoweb srl, Ariccia (Rm)

Sara Marconi

Le TRE CASE

Illustrazioni di Ilaria Urbinati

GIUNTI

Cap. 1

UNA FAMIGLIA MOLTO GRANDE

Non so bene come cominciare.

Devo raccontare una storia piena di cose strane e misteriose e tristi e allegre e pericolose... una storia di case e di criminali, di isole e di misteri, e poi anche di un sacco di persone diverse... È una storia interessante, secondo me, però rischio di mettere tutto insieme e di non farvi capire un bel niente, perciò forse sarebbe meglio partire con un inizio semplice.

Mi chiamo Lucilla, ho nove anni e una famiglia molto grande.

Ecco, questo è un buon inizio, perché nella mia famiglia siamo almeno in sei e mi sa che bisogna partire da qui per capire quello che è successo dopo.

Siamo in tanti, però siccome viviamo in una casa gigantesca non ci stiamo mai tra i piedi. E poi, col fatto che intorno ci sono i prati e gli ulivi e moltissimi alberi e perfino un ruscelletto, non ci sono proprio problemi.

Il più alto della famiglia è Roberto. Ha gli occhiali, le basette e la barba. Ha gli occhi molto chiari e parla piano, come se non volesse far rumore. Scrive i programmi che servono a far fare le cose ai computer: lavora da casa e non ha orari fissi, il che è un vantaggio soprattutto per me e per Leone, perché possiamo cercare di convincerlo a portarci a pescare o cose simili, e lui lo fa quasi sempre.

E poi Roberto costruisce aquiloni, ripara gli oggetti che si rompono, si occupa dei pannelli solari, pota gli ulivi, cura l'orto e ci accompagna a scuola.

Secondo me è bravissimo. Tra l'altro è il mio babbo, e quindi – anche se Leone non è d'accordo – è il miglior babbo del mondo.

Ora volevo dirvi di Nadia, che è la mia mamma, ma siccome ho parlato già due volte di Leone bisogna che vi spieghi chi è e com'è fatto.

Intanto Leone è il mio migliore amico, la cosa più simile a un fratello che riesco a immaginare.

Ha *quasi* un anno e mezzo più di me, ed è alto sei centimetri più di me (lui dice sette, ma non è vero). È magro, biondo e ha un milione di riccioli, non uno di meno. Sa salire sugli alberi velocissimo, fare dei calcoli difficili tutti in testa, giocare a scacchi, sputare lontano, inventare un sacco di giochi e disegnare astronavi.

Leone dice che Roberto non può essere il miglior babbo del mondo perché il miglior babbo del mondo è Marco, che è il *suo* babbo; e non c'è modo di fargli cambiare idea.

Marco per me è una specie di zio, ed è buffo, con quei suoi occhialoni rossi e la testa sempre tra le nuvole. Si dimentica le cose, si veste coi calzini scompagnati e, se non stessimo tutti molto attenti, andrebbe in paese in pigiama. Le sue poesie e le sue canzoni, invece, secondo me sono noiose, non buffe; e il suo lavoro pure: una roba di correggere i libri degli altri, se non ho capito male.

È lo stesso lavoro che fa la mia mamma, Nadia, il che significa il doppio dei libri, il doppio dei fogli che girano per casa e il doppio dei drammi se per caso ne scompare uno... io e Leone a volte pensiamo che sarebbe meglio vivere in una casa normale, in città (ma dopo quello che è successo *prometto prometto prometto* che non lo penserò MAI PIÙ!).

E adesso che ho finito di parlare dei maschi posso finalmente parlare di noi femmine, che è la mia parte preferita.

Nadia, l'ho già detto, è la mia mamma e fa quel lavoro di correggere i libri con Marco.

Come mamma non è male: è tutta tonda e morbida e profumata, e canta molto bene un sacco di canzoni che mi piacciono. E quando ride la si sente in tutta la casa, anche se ci sono le porte chiuse – e ride molto spesso, perché è sempre allegra. È pasticciona ma cucina, dipinge, cuce, cura le piante e un sacco di altre cose che ora non sto a dirvi.

Come se non bastasse, *anche lei ha i riccioli*: e quindi, per quanto Leone dica che non è possibile, forse un giorno verranno fuori pure a me, al posto di questi spaghetti dritti che mi ritrovo.

La mamma di Leone (che si chiama Valentina) i riccioli non li ha, e questo mi fa veramente arrabbiare. Quei riccioli spettavano a me, e se non fosse che quando siamo venuti a vivere qui Leone e i suoi capelli esistevano già, mentre io ero ancora nel pancione, crederei che ci avessero scambiati.

Però Valentina è tutta dritta, non solo i capelli, e io preferisco una mamma morbida. Quando ero piccola mi faceva quasi paura, perché è sempre seria. Lavora tantissimo, è tutta elegante e pratica, forse perché fa l'avvocatessa in città e non sta sempre qui a Trebbiantico come noi, che ci riempiamo di graffi e di fango e neanche ce ne accorgiamo se non ce lo dice lei. Poi Valentina è anche svizzera, e magari gli svizzeri sono fatti in questo modo, non lo so. Comunque la sua treccia lunga e bionda dà sicurezza, e qualcuno così in famiglia ci vuole, dice sempre la mia mamma.

Oltre a questi che ho detto ci sono l'Olandese e Goffredo, che sono un enorme gatto arancione e vecchissimo e un cane che assomiglia più a un ammasso di pelo scodinzolante che non a un feroce cane da guardia, ma è molto simpatico.

E poi ci sono io.

Che, come vi ho già detto, mi chiamo Lucilla e ho nove anni. Ho i capelli dritti e marroni. Sono pochissimo più bassa di Leone e magra come lui. Ho il naso che gira un po' in su, e per questo a volte a casa mi chiamano "topo", ma preferirei che non lo diceste in giro. La cosa che so fare meglio – oltre a giocare con Leone, costruire capanni e trovare i funghi prima degli altri – è inventare storie. In quello sono la più brava della famiglia, e scommetto che anche Marco, con quelle sue poesie lunghe lunghe e noiosette, mi invidia un po'.

Roberto
Nadia
Marco
Valentin
Lucilla
Leone

E adesso vi ho raccontato proprio tutta la mia famiglia, tutta intera. Anche se certo quando dicevo che siamo "*almeno* sei" intendevo dire che ci sono molte altre persone che dormono spesso nella nostra casa, che mangiano con noi, che ci portano a pescare o a scuola o ci sgridano o cucinano per noi.

Ma questo ve lo spiego dopo...

Cap. 2

LA CASA PIÙ BELLA DEL MONDO

La nostra casa è fatta di tante case. È una grande casa a "elle", cioè c'è un lato un po' più lungo dove vivono Marco, Valentina e Leone, e un lato un po' più corto dove viviamo noi.

Però la mia casa e quella di Leone non sono divise: ci sono due porte (una per piano) che collegano una parte all'altra, e noi passiamo continuamente avanti e indietro. Tra l'altro una delle due porte è proprio davanti alla mia camera, e se la attraverso finisco dritta-dritta nello sgabuzzino del Lato Lungo (che è come noi chiamiamo quella parte della casa), a pochi metri dalla camera di Leone.

È per questo che ci sono stati dei periodi, quando eravamo piccoli, in cui io e Leone ci addormentavamo nello stesso letto, con Nadia che ci cantava o Marco che ci raccontava una storia, e solo dopo qualche ora, quando tutti i Genitori andavano a letto, venivamo divisi, uno di qua e l'altra di là del muro.

Nel Lato Lungo, che è più grande, c'è la stanza dei giochi, con il ping-pong e il calcetto e il canestro, però quella è di tutti, è ovvio, proprio come la stanza delle feste.

La nostra è una casa bellissima.

Io penso che forse potrebbe essere la casa più bella del mondo, anche se è vero quello che dice Leone: ci vorrebbe un lago. Se ci fosse un lago in giardino sarebbe la casa più bella del mondo. E magari una montagna per Valentina, poverina, perché lei non è che torni molto spesso in Svizzera, e ogni tanto le cose svizzere le mancano un po', come per esempio le montagne.

A ogni modo, anche senza lago è una delle case più belle del mondo, e dopo tutto quello che è successo ne sono ancora più convinta.

E poi questa è una casa da feste, che non è poco, perché non ci sono molte case che lo sono.

Cioè, voglio dire che è una casa fatta proprio apposta per fare le feste, perché c'è molto spazio e se qualche ospite si vuole fermare a dormire può farlo (basta che si porti un sacco a pelo), e poi si può cantare e suonare e ballare e non si dà fastidio a nessuno, e a volte si possono anche fare cose eccezionali, come accendere un falò oppure fare i fuochi d'artificio oppure decorare un albero o cose così, che sono eccezionali ma neanche poi così tanto, perché noi le facciamo tutti gli anni.

E poi, per esempio, a Natale è molto *emozionevole,* con tutto il buio intorno e le lucine e le candele e i rami con le bacche e le palle rosse appese e l'albero decorato da noi fino in cima e quel bel freddino natalizio che ti fa venire voglia di entrare in casa a scaldarti un po', ma poi vuoi uscire di nuovo. E la mattina di Natale sotto l'albero, davanti a casa, compaiono dei sacchi neri uguali a quelli in cui si buttano via le cose, solo che dentro sono tutti pieni di regali per noi. E quando finalmente è "un'ora decente" (come dicono i Genitori) i sacchi si portano nella stanza delle feste, e si aprono, e tutti guardano i regali di tutti ed è bellissimo.

Insomma: sono sicura che ci sono pochi Natali migliori del nostro. E tra l'altro un lago per festeggiare il Natale non servirebbe a nulla, secondo me, perciò la nostra casa mi sembra che sia davvero perfetta.

Oltre al Lato Lungo e al Lato Corto c'è anche una casa solo per noi, la casa sull'albero. Però ci

abbiamo potuto dormire solo una volta, e solo per qualche ora: in genere ci stiamo di giorno, anzi, di pomeriggio, e neppure tutti i giorni. Ha una porta di tenda e delle assi per pavimento e un tavolo basso di legno e delle cassette della frutta dipinte come poltrone e come scaffali, e dentro gli scaffali ci sono i vasi di vetro con alcune delle nostre collezioni. L'abbiamo migliorata negli anni. Prima era molto più bassa e molto più instabile: bastava un po' di vento e trovavamo tutto per terra, sotto l'albero. Ora invece, da quando ci hanno aiutato i Genitori, è una vera casa, e a scuola ce la invidiano tutti.

Io penso che questa casa sia uno dei motivi per cui i nostri compagni di scuola vogliono sempre venire a giocare da noi, anche se in realtà forse la ragione principale è che la nostra è una famiglia molto divertente, e nonostante io ogni tanto sia veramente stufa e mi sembri che vorrei una famiglia più piccola oppure più normale, come quelle dei miei compagni... nonostante tutto questo io, in fondo in fondo, l'ho sempre saputo che questa famiglia non la scambierei con nessun'altra, neppure se mi regalassero un castello con un lago e un piccolo di elefante (che mi piacerebbe molto) e gelato alla nocciola tutti i giorni, perché insomma è proprio la mia famiglia, fatta come me, e non riesco a immaginarmene un'altra, anche se forse è una cosa un po' sdolcinata da dire.

Così adesso ho raccontato delle nostre tre case, e vi ho spiegato anche che la terza in realtà è una casa esclusiva e abitata solo a volte, e che non ci abbiamo praticamente mai dormito, tranne una sera per poche ore. Ma quella volta lì non è stata una volta molto felice, anzi è stata una volta tragica, anche se per adesso non posso spiegare perché, altrimenti mi confondo di nuovo e non capite più niente, perché quella volta lì è stata il 27 giugno di quest'anno, prima che io e la mamma partissimo per quelle stupidissime vacanze sull'isola, e insomma è stata l'inizio della fine, oppure la fine dell'inizio, non so bene... Ma ora sto ricominciando ad andare troppo veloce e devo proprio fare un passo indietro e raccontarvi del Giorno della Riunione Straordinaria, il giorno in cui per me e Leone è iniziato tutto.

Cap. 3

LA RIUNIONE STRAORDINARIA

Allora: era estate e faceva un bel caldo, nonostante fosse ancora mattina. Io e Leone non andavamo a scuola, perché erano iniziate le vacanze, e avevamo moltissime cose da fare.

Mi ricordo che avevo appena deciso di dare un'occhiata alla mia collezione di sassi, per vedere se era il caso di andare a cercarne degli altri, forse insieme a Leone, che non si staccava da un libretto pieno di parole crociate e giochi enigmistici (cosa che secondo me era una stupida perdita di tempo, soprattutto considerando il sole e il fatto che, stranamente, nessuno ci aveva svegliati fino alle undici).

Avevo contato trentasette sassi, e anche se mi sembrava un gran bel numero volevo provare a vedere se si poteva organizzare una gita al fiume, perché insomma è sempre meglio avere una collezione aggiornata, e io non trovavo un sasso davvero bello da molto tempo.

Mi ricordo che mi sono messa a cercare i Genitori e non li ho trovati. Però ancora non mi ero insospettita, perciò sono semplicemente uscita in giardino.

Ma in giardino non c'era nessuno.

Ho girato dietro la casa per vedere se fossero tutti nell'orto (i Genitori a volte fanno delle cose strane, tipo andare a strappare erbacce quando fa un caldo tremendo), ma non c'era nessuno neppure lì.

A questo punto avrei dovuto stupirmi davvero, ma ero così concentrata sui miei sassi che non ci ho pensato molto; è stato solo quando li ho visti uscire tutti e quattro dal casotto degli attrezzi che ho iniziato a farmi delle domande, perché non c'era nessun motivo per stare chiusi lì dentro, dato che è il posto più caldo della casa, e per di più c'è anche qualche ragno, e Valentina li odia.

«Cosa facevate tutti e quattro lì dentro?» ho chiesto a Marco, che è stato il primo a sbucare.

«Noi?» ha risposto lui, e io ho pensato che fosse una domanda un po' troppo stupida perfino per lui, che è sempre distratto.

«Ma sì!» ho insistito io, ormai decisamente preoccupata. «Voi, voi quattro Genitori, che ci facevate nel casotto?»

«È una bellissima giornata» ha detto la mia mamma, anche se non c'entrava proprio niente. «Sarebbe il giorno ideale per una gita, vero Roberto? Potremmo andare al fiume, magari pescare, oppure cercare sassi per la collezione di Lucilla... Se non avete troppa fame, potremmo preparare qualche panino e mangiare lì. Che ne dite?»

Ora: si possono dire molte cose di me. Di sicuro non so fare i calcoli nella testa velocemente come Leone, e non sono la prima della classe in nessuna materia, ma non sono stupida. Quei quattro mi stavano nascondendo qualcosa, questo era chiaro, e doveva essere qualcosa di veramente terribile, altrimenti me lo avrebbero detto. Insomma: mi sono spaventata, e dei sassi non mi importava più niente.

«Si può sapere cosa succede?!?» ho quasi urlato io, e mi veniva da piangere anche se non capivo perché.

Proprio in quel momento però è uscito di casa Leone.

È quando succedono cose di questo tipo che io capisco che Leone è davvero il mio migliore amico, il mio quasi-fratello, e che finché saremo insieme tutte le paure mi faranno meno paura: infatti appena l'ho visto mi sono sentita meglio, e addirittura quando lui ha fatto quella domanda mi sono sentita fortissima: «Cosa le avete fatto?!?» ha chiesto Leone ai Genitori, e si vedeva che era pronto a essere molto arrabbiato con loro.

«Ci mancava solo Leone!» ha sbuffato la mia mamma, ma per fortuna si è messa a ridere con una di quelle sue risate speciali. «Adesso siamo veramente nei guai!»

«Per fortuna che non siamo persone con molti segreti...» ha aggiunto il mio babbo con l'aria seria-seria. «Altrimenti saremmo costretti a nasconderci sotto terra, con voi due!»

Io e Leone ci guardavamo senza sapere che faccia fare: prima sembrava che i Genitori scherzassero, poi erano seri, poi sembrava che scherzassero di nuovo...

«Non capiamo niente» ha detto Leone, mentre io ero rimasta ferma e zitta come se mi avessero imbalsamata. «Volete spiegarci o no?»

Sembrava quasi che i Genitori fossimo noi e i figli fossero loro, e noi li avessimo beccati a fare qualcosa di vietato: si guardavano tra loro proprio come ci guardiamo io e Leone quando ci scoprono, e la scena faceva un po' ridere. Infatti prima ha iniziato la mia mamma a ridere, poi è partito Marco e alla fine ridevano tutti, indicandoci, come quella volta che abbiamo visto dalla finestra Marco che cercava di aprire la porta di casa con la chiave della bicicletta, che è almeno tre volte più piccola della chiave di casa (e lui provava e riprovava, sempre più arrabbiato).

Alla fine Valentina ha detto: «Va bene, ragazzi» (lei ci chiama quasi sempre "ragazzi", mentre la mia mamma ci chiama sempre con dei nomi assurdi, inventati lì per lì), effettivamente stavamo decidendo una cosa, e cioè che stasera ci sarà una Riunione Straordinaria di tutta la famiglia, subito dopo cena. E questo è tutto quello che saprete fino alle nove, perché ora devo correre a Firenze, oggi pomeriggio ho tantissimo da lavorare». E, dicendo così, è entrata in casa, ha preso la sua cartella da avvocatessa, è salita sulla macchina, ha messo in moto ed è partita, facendoci "ciao-ciao" con la mano.

È abbastanza rapida, Valentina. Secondo me è quasi un po' troppo spiccia, a volte.

Comunque a me e Leone la spiegazione non era bastata, e anche se sapevamo benissimo che nessuno ci avrebbe detto più neanche una parola sull'argomento fino a sera abbiamo provato in tutti i modi a indagare, ma non ci abbiamo cavato niente.

Alla fine abbiamo deciso di approfittare della situazione e di farci portare a fare un pic-nic al fiume, proprio come ci avevano offerto: panini, succo di mela, pesche dell'orto e una coperta su cui sdraiarci... Chi stava meglio di noi?

Abbiamo fatto il bagno, cercato quadrifogli, mangiato i panini, letto fumetti all'ombra, raccolto sassi (io ne ho trovato soltanto uno degno della mia collezione, un sassolino piccolo e rotondo che sembra la pietra di un anello), esplorato i dintorni e giocato a nasconderci. Il mio babbo e la mia mamma, invece, non hanno fatto quasi niente, sono stati praticamente sempre sulla coperta, lui a leggere un librone di computer e lei a prendere il sole, non so come abbiano fatto a non morire di noia.

Quando siamo tornati a casa ci siamo improvvisamente ricordati della Riunione Straordinaria, e ci siamo chiusi in camera mia per parlarne.

«Cosa credi che sia?» ho chiesto a Leone, che stava disegnando distrattamente astronavi su un grande blocco di carta.

«Non lo so» ha mormorato lui, mordicchiando la penna. «Dev'essere qualcosa che riguarda tutta la famiglia, se no non sarebbero stati così misteriosi... Ma di che cosa possa trattarsi proprio non ho idea, nel Lato Lungo nessuno dei Genitori si è lasciato sfuggire niente!»

«Neanche nel Lato Corto!» ho risposto io sconsolata.

«Mmm...» ha bofonchiato Leone, ritoccando uno spara-missili laterale di una delle sue astronavi. «E se fosse qualcosa che riguarda le vacanze?»

«Già!» ho gridato io, stupita per l'ennesima volta da quanto è intelligente Leone. «Dev'essere così per forza! Ormai è quasi luglio e io non so ancora dove andremo...»

D'estate noi andiamo sempre tutti via: il Lato Lungo va in Svizzera dai nonni di Leone e noi andiamo ogni anno in un posto diverso. A casa nostra stanno certi americani che secondo me sono ricchissimi perché vengono tutti gli anni e affittano tutta la casa anche se sono soltanto in quattro, un padre una madre e due figli grandi. Coi soldi dell'affitto i Genitori aggiustano la casa o costruiscono una tettoia o insomma fanno delle cose che sanno loro.

Ma quel giorno lì, quando Leone ha detto "vacanze", mi sono resa conto che ancora non avevo idea di dove saremmo andati noi del Lato Corto.

Ed era già il 25 di giugno, gli americani sarebbero arrivati dopo meno di una settimana: dove li avremmo messi a dormire, se non avessimo trovato un altro posto dove andare per tutto luglio?

«Non so proprio come ho fatto a non pensarci!» ho detto a Leone, un po' arrabbiata con me stessa perché ero stata distratta. «Voi quando partite?»

«Il 1° di luglio, come sempre» mi ha risposto Leone. «Ho sentito Nonna Stella ieri e mi ha detto che la mia camera è già pronta... Anche se manca ancora una settimana ha già preparato tutto!»

Ci siamo messi a ridacchiare tutti e due, sappiamo benissimo che Nonna Stella organizza il mese in cui loro vanno a trovarla nei minimi particolari. È perfino peggio di Valentina (che è sua figlia, del resto).

Comunque: il Lato Lungo stava per svuotarsi, gli americani stavano per arrivare e ancora io non sapevo dove saremmo andati in vacanza noi.

La cosa era veramente misteriosa, e questa Riunione aveva l'aria di essere davvero Straordinaria: saremmo andati in vacanza in un posto lontanissimo ed esotico? Non ci saremmo andati affatto e avremmo dovuto stringerci in un'unica stanza, per riuscire a stare a casa insieme agli americani? Saremmo andati in Svizzera anche noi?

Facevo mille ipotesi, e anche Leone, e le discutevamo tutte insieme, ma non sarei mai riuscita a indovinare quello che ci aspettava, neppure se avessi passato tutta la notte a pensarci: nessuna delle cose che immaginavamo quella sera, in camera mia, si avvicinava lontanamente a quello che ci sarebbe successo davvero.

Ma, d'altra parte, come avremmo potuto pensarci?

Era talmente assurdo...

Cap. 4

NOTIZIE INCREDIBILI

Alla fine sono arrivate le nove.

La cena era stata veloce e strana: avevamo mangiato tutti insieme come sempre, ma i Genitori sembravano nervosi.

In genere ceniamo nel Lato Corto, ma quella benedetta sera i Genitori avevano deciso di mangiare nel Lato Lungo, forse per essere già vicini alla stanza delle feste, che è anche la stanza delle riunioni. La mamma aveva fatto le sue famose lasagne, e le aveva un po' bruciate. Pochissimo, secondo me, ma lei non la smetteva di lamentarsi. E Roberto, il mio babbo, era più silenzioso del solito. Marco invece chiacchierava fitto-fitto, parlava di un suo amico musicista famoso che aveva smesso di suonare la chitarra per un anno perché voleva imparare a suonarla con l'altra mano, come un mancino, e di come tutti gli avevano chiesto di suonare ai concerti, e lui niente, fino a quando non si era ripresentato con la chitarra dall'altra parte. A me questa storia sembrava interessantissima, ma era chiaro che la ascoltavo solo io.

Era proprio una cena strana, per noi: in genere nelle nostre cene ci sono tantissimi ospiti e rumore e chiacchiere e gente che ascolta musica, che va avanti e indietro, che brinda per qualcosa, perché a casa nostra si festeggia sempre per qualcosa. Quindi quella sera lì, la sera del 25 giugno, si vedeva benissimo che stavamo aspettando la riunione. Che poi quella era una Riunione Straordinaria, e di Riunioni Straordinarie, per quanto ne sapevo io, ce ne erano state solo tre in tutta la storia della nostra famiglia: quella in cui io ero piccolissima e si era deciso di affittare la casa d'estate agli americani, quella in cui Marco aveva raccontato che si era licenziato dal suo vecchio lavoro e la mia mamma gli aveva proposto di lavorare con lei e quella del circo. Che non è una storia che ricordo molto volentieri, ma insomma eccola qui: io e Leone avevamo raccontato a scuola che i nostri Genitori erano scappati con il circo e noi vivevamo da soli, mungendo le mucche e raccogliendo le uova e le verdure dell'orto. Le maestre avevano telefonato a casa sconvolte, ed era successo un bel pasticcio, i Genitori si erano arrabbiati parecchio e noi avevamo passato un brutto momento. Ma insomma, tre sono poche, perciò eravamo agitati.

Ha iniziato a parlare Roberto: «Allora, c'è qualcosa che vi devo dire e che riguarda il mio lavoro».

"Boh" ho pensato io. "Che strano argomento!" Ero sicura che *lui* non si fosse licenziato, perché il suo lavoro coi computer gli piaceva moltissimo, era proprio la sua passione. Anche Leone sembrava un po' stupito, e forse ci siamo distratti per qualche minuto, perché devo essermi persa qualcosa. Appena mi sono rimessa ad ascoltare c'era la mia mamma che diceva: «È un gran cambiamento, ma per Roberto è una bella cosa...». E Valentina rispondeva: «È solo un anno, può valere la pena...». Marco stava zitto e guardava Leone in un modo strano, come se fosse un po' triste. E anche Leone sembrava triste, cosa che non sopporto.

«Un momento, un momento!» ho urlato io, che non avevo capito niente. «Ma si può sapere cosa succede a Roberto per un anno e che cos'è che deve cambiare?»

Si sono girati tutti verso di me. Mi sa che mi ero distratta davvero un po', perché evidentemente il babbo aveva spiegato qualcosa e l'avevano sentito tutti tranne me.

Allora Leone ha detto: «Dovete andare a Milano, voi del Lato Corto! Vogliono portarti a Milano!» e si è messo a tirare su col naso, come fa sempre lui prima di piangere.

«Si tratta di poco tempo...» ha detto Valentina.

«È ovvio che poi tornerebbero qui...» ha aggiunto Marco, come se parlasse soltanto a Leone (ma continuava ad avere una faccia molto triste, non è che lui sappia recitare proprio bene).

«A Milano?!?» ho esclamato io, e ancora non capivo niente: pensavo che dovessimo passare le vacanze a Milano, e siccome l'unica cosa che sapevo di Milano era che è una grande città piena di macchine e smog e gente che lavora e non c'è neppure il mare, mi sembrava una decisione davvero un po' stupida, anche se non tragica come sembrava a Leone.

«Hanno offerto un lavoro molto bello a Roberto» mi ha spiegato la mia mamma con il tono che usa con me quando vuole farmi capire qualcosa di difficile. «Dovrebbe aprire un ufficio nuovo a Milano, un altro ufficio in cui occuparsi dei programmi per i computer, oltre a quello di Firenze e di Roma. È una bella soddisfazione, perché l'hanno chiesto proprio a lui... perché è molto bravo».

«Beh, ma...» ho iniziato io rivolgendomi proprio a lui (certe cose è meglio affrontarle direttamente, dico io). «Loro te l'hanno offerto ma tu gli hai detto di no, vero? Come fai a tornare a casa tutte le sere se il tuo ufficio è a Milano? Non è un po' lontano? E poi, scusa, non ce la faresti a fare tutte le altre cose e saresti molto stanco, che gusto ci sarebbe?»

«Hai ragione» mi ha risposto il babbo, e ho visto che Leone si rilassava, come se avesse fatto un sogno brutto. «Infatti è proprio impossibile fare avanti e indietro da questa casa e Milano. È lunga. Ci vogliono quasi quattro ore. Non è possibile».

«Bene!» ho detto io tutta contenta di aver risolto il problema. «E dove andiamo in vacanza?»

I Genitori si sono guardati un po', me ne sono accorta benissimo.

«Ecco, sì...» ha risposto il mio babbo parlando molto piano. «Il fatto è che... proprio perché come dice Lucilla Milano è lontana... stavamo pensando... all'ipotesi di andare a vivere tutti a Milano per un anno, ecco!»

L'ho guardato come guardo Goffredo quando

cerca di aprire le porte e non arriva neppure alla maniglia: «Scusa, forse tu non ci hai pensato, ma Valentina deve andare ogni giorno a Firenze! Non può mica farle lei, tutte quelle ore di macchina!».

I Genitori si guardavano e stavano zitti: Valentina guardava la mamma, la mamma guardava il babbo, il babbo guardava Marco, Marco guardava Valentina... sembrava un film comico, di quelli in cui nessuno capisce più niente. Io li guardavo tutti e mi veniva da ridere, ma poi Leone ha tirato su col naso e ha detto: «Io ho paura che forse i Genitori stanno pensando di dividere la nostra famiglia, di tagliarla in due come una mela, è vero?». E a me improvvisamente è passata la voglia di essere allegra, perché era una cosa così tremenda da pensare che non mi sarebbe mai venuta in mente, neppure in cento anni, neppure sforzandomi, neppure per scherzo, neppure...

E invece era vero. Era proprio quello che avevano pensato loro.

Cap. 5

RIBELLARSI È GIUSTO!

Insomma: la Riunione Straordinaria è finita così. Tutti i Genitori molto zitti e io e Leone molto arrabbiati. C'era bisogno di una *seconda* Riunione Straordinaria: la nostra.

Era già l'ora di andare a dormire per noi, e sapevamo benissimo che i Genitori avrebbero continuato a discutere tra loro, perciò il campo era libero. Abbiamo fatto finta di voler andare a dormire subito, e loro dopo poco si sono rimessi a chiacchierare senza muoversi di un passo da dove erano. Questo voleva dire che toccava a Leone spostarsi. Io l'ho aspettato sul mio letto, in pigiama, con in braccio la mia amata scimmia di peluche e sulla faccia un'espressione che faceva paura (o almeno così mi ha confessato lui il giorno dopo, diceva che sembravo pronta per un omicidio...).

«Allora!» l'ho aggredito appena è passato dal mio Lato. «Ora che facciamo?»

Mi aspettavo che Leone avesse già un piano, in genere lui ha delle buone idee e ce le ha rapidamente, ma è entrato con una faccia da funerale e ho capito che dovevo essere io a tirarlo su.

«Vedrai che non lo fanno davvero» ho detto allora, mentre lui si sedeva nel suo angolo preferito, sul tappeto. «Stanno ancora parlando, hai visto che anche Valentina e Marco non erano contenti, secondo me li convincono... Anzi, ho un'idea (perché infatti in quel momento mi era proprio venuta una buona idea). Dobbiamo fare così: domattina tu stai male. Molto male, tipo che hai la febbre alta e la faccia a pallini, che non vuoi mangiare niente e cose del genere. Devi sembrare moribondo. E perché stai così male? Perché sei *moooolto* infelice all'idea di perdere metà famiglia, è un'idea che non sopporti. A questo punto i Genitori capiscono che proprio non è possibile dividerci, e tutto va a posto. Che ne dici?»

Dovevo sembrare molto sicura di me, perché Leone ha cambiato espressione e ha fatto un mezzo sorriso: «Tu dici che funzionerà?».

«Certo che funzionerà!» ho risposto io allegra, perché mi sembrava che non poteva non funzionare.

«Funzionerà di sicuro! Basta che tu sembri davvero malatissimo, quasi in fin di vita, e vedrai che non oseranno più dire niente».

«Sì, ma Roberto? Hai sentito cosa hanno detto: che è un'occasione unica, che è un bel lavoro, che vuol dire che lui è il più bravo... non si dispiacerà, lui?» mi ha chiesto Leone (ma si vedeva benissimo che era già molto pronto a fare il malato).

«Ci sono dei casi speciali in cui bisogna diventare spietati, caro mio!» gli ho risposto come se ne avessi già affrontati moltissimi. «E questo è decisamente uno di quei casi. Vuoi stare a guardare mentre la nostra famiglia si spacca in due, senza fare niente?» Ormai mi ero fatta prendere dall'entusiasmo e camminavo su e giù per la stanza trascinandomi dietro la mia scimmietta spelacchiata. «Vuoi che decidano tutto loro? Ci dobbiamo fare impacchettare e dividere come se fossimo degli scatoloni?» E intanto agitavo la mia povera scimmietta per dare più forza al mio discorso. «Non credo proprio!» E qui ho guardato Leone dritto negli occhi, come una vera attrice prima della battuta più importante del film: «Dobbiamo ribellarci».

Leone mi osservava meravigliato: forse non sapeva se mettersi a ridere o a piangere, ma non ho fatto in tempo a chiederglielo perché proprio in quel momento abbiamo sentito dei movimenti dal piano di sotto e lui è dovuto scappare nel suo letto.

«Mi raccomando!» sono riuscita a dirgli prima che scomparisse. «Malatissimo!»

«Non ti preoccupare, ci penso io» mi ha risposto lui, ormai perfettamente convinto del mio piano.

Io ho raccattato la mia amata scimmietta, mi sono infilata sotto il lenzuolo e ho spento la luce. Ero sicura che si sarebbe risolto tutto. Leone era un bravo attore, l'avevo sperimentato sulla mia pelle quella volta che mi aveva raccontato che aveva vinto il primo premio al concorso di pittura, quando in realtà non aveva neppure partecipato (non mi ero mai arrabbiata così tanto con lui).

Mi sono addormentata abbastanza tranquilla e mi sono fatta una dormita lunghissima, molto più lunga di quanto pensassi.

Quando mi sono svegliata erano le undici. Faceva caldo. C'era silenzio.

La prima cosa che ho pensato è stata: "Leone!". Dovevano averlo già scoperto malato, forse avevano già deciso che dividerci non era possibile e sarebbe stata una giornata qualsiasi, con le nostre cose solite, la casa sull'albero, gli amici e tutto.

Non sono neppure scesa al piano di sotto a fare colazione: sono passata subito di là, per andare a trovare il mio amico "moribondo". Ero pronta a fare la mia parte, a piangere e disperarmi per la sua salute.

Peccato che Leone non c'era: il suo letto era vuoto, rifatto e ordinatissimo. Non c'era nessun segno di malattia, e ho iniziato a preoccuparmi di nuovo.

Erano state ventiquattr'ore veramente strane, e stavano ripetendosi uguali! Di nuovo mi ero svegliata da sola, di nuovo sembrava non ci fosse nessuno in casa... non ne potevo più!

«Mamma!» ho urlato con tutta la voce che avevo. «Babbo!»

È arrivato il mio babbo, quasi correndo: «Che succede?!?».

«Dove hanno portato Leone?» gli ho chiesto, come se si trattasse di una questione di vita o di morte.

«Se non è qui sarà in paese, no?» mi ha risposto lui, senza capire niente.

«Ma come stava?» ho domandato io sempre più agitata.

«Non lo so, Lucilla, ma che ti succede?»

Il mio babbo a volte sembra Goffredo quando lo sgridiamo, e mi fa tenerezza.

«Babbo...» ho sussurrato io. «Cosa avete deciso ieri sera, dopo che noi siamo andati a letto?»

Mi ha guardato un attimo e poi ha risposto con un discorso lungo che parlava delle cose che cambiano e che non bisogna avere paura che cambino e poi anche di noi tre e delle vacanze e di un sacco di altre cose che non c'entravano molto. Solo a un certo punto ha detto una cosa che mi è sembrata logica e cioè: «Non posso decidere di accettare un lavoro che cambia così tante cose se prima non capisco bene che tipo di lavoro è, come sono le persone con cui dovrei farlo, eccetera. Per questo ho chiesto ai miei capi di poter andare un mese a Milano adesso, a luglio, per poi poter decidere».

«Ah» ho detto io. «E tutto il resto di noi?»

«Voi andrete tutti in vacanza, beati!» mi ha risposto ridendo. «Marco, Valentina e Leone andranno da Nonna Stella come sempre, e tu e Nadia andrete al mare... Dovevamo andare tutti e tre in Sicilia ma abbiamo deciso di stare più vicini, così nei weekend possiamo vederci. Abbiamo avuto fortuna ed Enrica, l'amica della mamma, ha un pezzo di casa libera in un'isoletta toscana, comodissima da raggiungere. E ha anche una figlia di dieci anni, e questa figlia ha molti amici e... indovina?» Sembrava un mago che stava per tirar fuori un coniglio dal cappello, ed era riuscito a incuriosirmi. «Ha i capelli rossi!»

Devo aver fatto una faccia terribile, perché lui mi ha detto rapidamente: «Vabbeh, intanto vestiti» ed è ri-scomparso nella sua stanzetta.

Non sto a dirvi l'arrabbiatura: avevano già combinato tutto! Speravano di tenermi buona con 'sta storia dei capelli rossi (ho sempre sognato di avere i capelli rossi e, se non rossi, almeno ricci, come vi ho già spiegato), ma ci voleva ben altro. E intanto dove si era ficcato Leone?

Mi sono vestita rapidissima e sono scesa: Leone era in giardino come se nulla fosse, aiutava Marco a costruire qualcosa con i chiodi, il martello e la sega, insomma con tutti quegli strumenti che lui adora e che non possiamo usare quasi mai.

Appena mi ha visto uscire mi ha fatto segno di non dire nulla, poi ha detto a Marco che doveva fare la pipì ed è venuto da me: «Lucilla!» mi ha sussurrato. «Il piano non ha funzionato!»

«Perché?» ho chiesto io. «È venuto il medico?»

«Macché, non so perché, ma non ci hanno creduto... hanno sostenuto che ero sano come un pesce e che dovevo alzarmi perché dovevo aiutare Marco a costruire la nuova buca delle lettere... Guarda che bella, è enorme...»

Leone non si rendeva conto, era evidente.

L'unica della famiglia che era ancora in grado di ragionare ero io, ma avevo perso la mia battaglia e mi toccava andare su un'isoletta noiosissima con una stupida amica della mamma, senza Leone e senza tutto il resto della famiglia, mentre il babbo "cercava di capire" se era una buona idea trascinarci a Milano.

Che fallimento, non ci potevo credere.

Era già il 26 di giugno, Leone sarebbe partito dopo cinque giorni e noi... forse anche prima. Chissà cos'altro avevano deciso mentre io dormivo...

Come se avesse sentito i miei pensieri è comparsa la mia mamma, di corsa, con tutti i capelli spettinati: «Ciao Pinolo, buongiorno! (Non so se vi ho raccontato che lei ci chiama sempre con dei nomi inventati lì per lì.) So che Roberto ti ha detto della vacanza!

Un bel mese di mare… Bisogna preparare le valigie, abbiamo pochissimo tempo, si parte dopodomani! Che cosa ti vuoi portare?».

Non avevo parole.

Erano impazziti proprio tutti.

Cap. 6

ODIO LE ISOLE

Quel giorno ho capito perché si dice "isolarsi": perché se uno va su un'isola sta da solo, soprattutto se il suo babbo e tutto il resto della famiglia vanno da un'altra parte.

Per cercare di distrarmi, di darmi un contentino, mi hanno proposto di dormire l'ultima notte prima della partenza nella casa sull'albero con Leone. Era una cosa che non ci avevano mai lasciato fare, e noi volevamo provarci da un sacco di tempo.

Beh: se per caso un giorno i vostri genitori vi combinassero qualcosa di terribile e per scusarsi vi offrissero di dormire in una casa su un albero, non ci cascate. Di notte, in una casa su un albero, si sta scomodi: ci sono le zanzare e, anche se è la fine di giugno, fa un po' freddino. Noi a mezzanotte abbiamo deciso che provare avevamo provato, ma tutto sommato preferivamo dormire nei nostri letti. E così siamo tornati in casa, mezzi addormentati.

Probabilmente anche per questo la mattina dopo non ci capivo nulla, ero imbambolata e stavo tra i piedi dei Genitori che cercavano di chiudere le valigie in modo da arrivare in tempo al traghetto. Erano tutti mogi e nervosi, perfino Goffredo e l'Olandese si erano accorti che le cose non andavano come dovevano andare, e miagolavano e abbaiavano e grattavano e graffiavano e rovesciavano e davano un sacco di noia a tutti.

E così, tra il fatto che ero addormentata e il fatto che c'era un bel po' di confusione e nervosismo, non mi ricordo neppure più esattamente quello che è successo. So soltanto che mi sono trovata in macchina con Valentina e la mamma e il babbo, tutti verso Firenze, senza Leone e senza Marco: Valentina andava a lavorare e noi tre andavamo in stazione a prendere il treno. Anzi: i treni, perché io e la mamma andavamo a Livorno dove c'era la nave per l'isola, mentre il babbo andava direttamente a Milano. Tutto a un tratto gli sembrava di avere una gran fretta e di dover decidere subito cosa fare, e in fondo io ero anche d'accordo con lui, così avrebbe visto che gli conveniva tornare a casa e tutto si sarebbe risolto.

BOAT

Insomma: macchina, treno, nave. E quando siamo scese dalla nave erano già quasi le cinque, e a prenderci non c'era nessuno.

Io mi aspettavo di trovarci l'amica della mamma che ci aveva invitate, ma non c'era. A me questa amica, che si chiama Enrica, piaceva molto. Era alta alta ed elegante, ma veniva sempre a casa nostra con una pittrice, Rebecca, che era bassa bassa e vestita tutta strana e mi aveva anche disegnato un fantastico albero che assomigliava a un drago. Insieme erano buffe.

Enrica ci avrebbe ospitato su quell'isola, dove aveva una grande casa insieme alle sue due sorelle: aveva detto alla mamma che così io avrei potuto conoscere sua nipote Federica, che aveva circa la mia età, e farmi un'amica milanese che poteva tornarmi comoda se davvero ci fossimo trasferiti tutti. L'idea era buona, per carità. Ma al momento nessuno era venuto a prenderci e la casa di Enrica stava sulla collina, in un paese diverso da quello del porto, e l'unico modo di raggiungerla – cariche come eravamo – era prendere un piccolo pulmino che partiva ogni mezz'ora e poi trascinarci fino al negozio dove Enrica aveva lasciato le chiavi.

E così abbiamo fatto.

«Facciamo un po' di spesa, anche se sono sicura che stasera le sorelle di Enrica ci inviteranno da loro» ha detto la mamma. «Qualcosa dobbiamo comprare, non mangeremo da loro proprio *tutte* le sere, credo...»

Il verduraio che ci aveva dato le chiavi era stato molto gentile con noi e ci aveva anche detto che quella casa si chiamava Villa delle Rose. A me sinceramente sembrava un nome un po' stupido: mi sarebbe piaciuto di più "Casa Rossa" o qualcosa del genere, ma non si può avere tutto; tra l'altro, quando ci siamo arrivate, abbiamo visto che non c'era neppure una rosa, nonostante ci fosse un bel giardino con delle piccole panchine di pietra. Noi dovevamo stare al secondo piano, mentre le altre due sorelle stavano una al pianterreno e una al terzo piano.

Quando la mamma ha girato la chiave nella porta non ne potevo veramente più, né di valigie né di scale né di viaggiare.

La casa era fatta così: c'era una grande stanza tutta bianca e azzurra con un tavolo rotondo e tre divani. *Tre divani.* Sì, sì, avete capito bene, lo so che sembra incredibile, ma erano veramente tre, uno bianco e due a strisce azzurre, e su tutti e tre c'erano un sacco di cuscini, e anche per terra, su una specie di stuoia, c'erano altri cuscini: sembrava una cosa lussuosissima. Poi c'erano una cucina, una terrazza (grande), un corridoio (piccolo), una camera da letto, un bagno e uno studio tutto pieno di quadri di Rebecca un po' paurosi.

Era tutto pulito, ordinato e soprattutto *nuovo*: sul divano bianco non c'era neppure una macchiolina, i libri erano perfettamente allineati nelle librerie, in cucina c'erano tutti i barattoli dello stesso colore, sul letto sembrava non avesse mai dormito nessuno. L'unica stanza che mi sembrava un po' viva era lo studio, ma forse era solo per via di quei quadri paurosi.

Mi sono seduta rigida su uno dei divani a strisce, attenta a non sporcarlo, e mi sono guardata intorno: quel posto in cui dovevamo passare un intero mese non assomigliava per nulla a casa mia, ma proprio per nulla.

La mamma apriva le finestre, canticchiava, metteva via la spesa e chiacchierava con me: «Hai visto, siamo in una casa di lusso! Ti piace? Me l'aveva detto, Enrica, che c'era la terrazza... Che meraviglia, vedi? Qui si può prendere il sole, fare colazione la mattina, guardare le stelle... si vedranno le stelle, cara la mia Zucca? Speriamo che stasera sia limpido... Secondo te come sono le sorelle di Enrica? Non so neppure se sono più grandi o più piccole di lei, non mi ricordo più... Hai caldo, con quella felpa? Non ti vuoi togliere le scarpe? Ora andiamo a conoscere le nostre vicine, che ne dici? Mettiamo un po' di musica?».

La mia mamma a volte sa essere molto chiacchierona, io ci sono abituata e in genere mi piace, ma in certi casi esagera. Così mi sono messa a pensare a Federica (la bambina coi capelli rossi che abitava in quella stessa casa, o sotto o sopra di noi, non lo sapevamo ancora) e alle cose che avremmo fatto insieme: lei di sicuro conosceva benissimo l'isola e mi avrebbe portato a fare gite e avventure. Del resto un'isola è un posto tranquillo, con poche macchine e pochi rischi, e la mia mamma mi aveva già detto che sarei potuta andare in giro da sola. Già mi vedevo dormire in tenda sulla cima della collina, o in mare su una barchetta, insieme alla mia nuova amica coi capelli rossi.

Proprio mentre pensavo a queste cose qualcuno

aveva suonato il campanello, e la mamma era andata ad aprire: erano già le sorelle di Enrica che ci invitavano a cena?

Mi sono girata subito e sono rimasta un po' stupita: sulla porta c'era una ragazza giovane, poco più alta di me, con la pelle un po' più scura della mia e una faccia un po' triste. Parlava talmente piano che la mamma doveva sporgersi per sentire, e a me non arrivava nessuna parola intera, solo un mormorio incomprensibile.

Dopo poco la mamma ha richiuso la porta e si è girata verso di me con l'aria perplessa, perciò le ho chiesto se andava tutto bene e se la sorella della sua amica le era sembrata simpatica.

Lei si è messa a ridere molto (mi sono quasi offesa!) e mi ha spiegato: «Non era la sorella di Enrica, tonta! Non si assomigliano per niente! Era la ragazza che la aiuta in casa, a cucinare e a pulire!».

"Ah, ecco" ho pensato io. La misteriosa sorella doveva essersi rotta un braccio o qualcosa del genere, e aveva chiesto a una ragazza di aiutarla per un po' a lavare i piatti, proprio come era successo a Marco quando io avevo sei anni.

Intanto la mamma continuava: «Mi ha detto...

mi ha detto, se non ho capito male...». Forse anche da vicino quella Ragazza Aiutante parlava troppo piano per riuscire a sentirla davvero, ho pensato io. «...che la sorella minore di Enrica, che abita sotto di noi... non si sente molto bene, soffre il caldo e ha bisogno di molto silenzio. Perciò...» e a questo punto la mamma ha ricominciato a sorridere: «...ho pensato che stasera io e te, per festeggiare il nostro arrivo su quest'isola, ce ne andiamo a mangiare una pizza! Che ne dici?».

A me sembrava una bellissima idea, perché *adoro* la pizza: mi sono preparata in due minuti, senza più farmi troppe domande sulle nostre vicine. E poi pensavo di aver già scoperto un sacco di cose: che la sorella minore viveva sotto di noi, mentre la maggiore viveva al piano di sopra; e che questa minore era un po' malata, non poteva lavare i piatti, e il caldo e il rumore le facevano male.

Pensavo... ma mi sbagliavo, come avrei scoperto di lì a poco.

Cap. 7

COSE MOLTO STRANE (E QUALCHE PIRATA)

La Villa delle Rose è un cubo circondato da un giardino.

Quando siamo tornate, quella sera, il piano più alto era tutto buio, come se non ci fosse nessuno, e il piano di mezzo pure, il che era ovvio dato che noi eravamo fuori.

Ma il piano più basso era illuminato, e si sentiva un gran rumore, musica, bicchieri, persone che parlavano tutte insieme e poi un sacco di risate... sembrava proprio una festa.

E in effetti in giardino c'era molta gente. Erano persone diverse da quelle che vedo io di solito, a casa nostra. Per esempio, erano molto magri, soprattutto le femmine. E poi erano vestiti in un modo strano. Non lo so spiegare, perché uno si immagina che a una festa importante ci si vesta eleganti, tipo con lunghi vestiti di seta come le principesse dei vecchi libri di fiabe, ma io so benissimo che in realtà la gente alle feste non si veste così, o almeno non alle feste che ho visto io. Questi però si muovevano tutti come se fossero stati vestiti con strascichi e perle. Davvero non lo so spiegare. Per esempio c'era una con dei capelli lunghissimi e un pezzo di stoffa legato come gonna e il sopra del costume come maglietta: era vestita come per andare in spiaggia, ma si muoveva come se avesse avuto un vestito da principessa dei film. E per di più *brillava*! Aveva tutta la pelle piena di brillantini, come quelli di Carnevale. Insomma, erano persone un po' strane.

Io e la mamma siamo rimaste ferme a guardare per qualche minuto, tanto noi eravamo al buio e nessuno ci vedeva, mentre quelli in giardino erano illuminati da delle specie di torce infilate nella terra, che io avrei anche avuto paura che bruciassero i cespugli. E poi c'erano un sacco di candele da tutte le parti, e anche qualche lumino attaccato agli alberi, che, detto così, mi rendo conto che sembra bellissimo ma forse io ero troppo stanca per godermi lo spettacolo, perché lì per lì non mi è piaciuto molto. Mi piacevano soltanto quegli strani bicchieri lunghi lunghi e pieni di cose colorate: sembrava che brillassero anche loro, come la tizia in costume da bagno.

Gli invitati parlavano con degli accenti diversi dal nostro, forse alcuni anche in inglese o in francese, non lo so. Di sicuro parlavano parecchio, e ridevano, e qualcuno anche cantava sopra alla musica, che era molto forte.

Poco dopo, mentre cercavo di dormire nel lettino dello studio, contornata dai quadri di quella Rebecca che si veste strana e, tenendo la testa sotto il cuscino per non sentire quel rumore infernale, mi ricordo che ho pensato a quella povera sorella malata, a cui dava fastidio il rumore, costretta da chissà chi a stare in mezzo a tutta quella confusione. E anche un po' alla ragazza piccola e silenziosa, a cui sarebbe toccato lavare tutti quei bicchieri luccicosi. "Poverine tutte e due" pensavo addormentandomi.

E invece mi sbagliavo anche su questo, e dopo una notte passata a combattere sulla mia nave pirata ho dovuto ricredermi.

No, non sono impazzita: il fatto è che in quest'isola una volta c'erano i pirati.

Valentina aveva cercato di raccontarmi delle altre cose, mentre eravamo in macchina insieme e andavamo verso Firenze: ma io l'unica cosa che avevo ascoltato davvero era 'sto fatto dei pirati, perché loro mi stanno simpatici.

Io me li immagino, i pirati, sull'isola; me li immagino mentre si arrampicano in alto e guardano giù per controllare che non arrivi nessuno a scoprire il loro covo; me li immagino che nascondono le loro casse piene di tesori nelle grotte; e soprattutto me li immagino mentre si riposano, tra un'avventura e l'altra, mangiando una pizza alle acciughe.

Beh, veramente lo so anche io che le pizze alle acciughe forse non c'erano al tempo dei pirati (devo ricordarmi di chiedere a Leone, per sicurezza): comunque non fa nessuna differenza, perché di sicuro avranno mangiato qualcosa di buonissimo, per festeggiare il fatto di essere tornati sani e salvi da chissà quale agguato.

Che poi, vorrei dire una cosa: si sa per certo che c'erano anche delle piratesse (o pirate? Voglio dire i pirati-femmine, si è capito, no?). Me l'hanno detto.

E allora io queste piratesse-pirate me le immagino ancora più coraggiose dei loro mariti-pirati, me le immagino solide come Valentina, ma allegre come la mia mamma... e, insomma, se lo volete proprio sapere, a me non dispiacerebbe essere una piratessa-pirata.

Girerei con un coltello tra i denti, oppure magari lo metterei in una tasca in modo da poter dare gli ordini (perché con un coltello tra i denti è un po' difficile) e guiderei tutti gli altri pirati all'arrembaggio, saltando da una nave all'altra. Navigherei in tutti i mari e affronterei tutti i pericoli del mondo, insieme ai miei più fedeli compagni e alla mia scimmia Hilda, che naturalmente sarebbe una scimmia vera, trovata in un viaggio lontanissimo.

Insomma: forse era il fatto di dormire in un posto dove i pirati c'erano stati davvero, fatto sta che quella prima notte di vacanza l'ho passata sognando soltanto pirati. E proprio mentre stavo tornando alla mia isola per essere incoronata Regina dei Pirati, mi ha svegliato un urlo.

«Chi ha preso il mio costume nuovo con gli strass?!?» gridava qualcuno con tutto il fiato, tanto che mi sembrava che fosse di fianco al mio letto, a pochi centimetri dalle mie orecchie. «La Marzia si è messa il due pezzi fucsia, e anche io voglio il mio costume nuovo, se no in barca oggi non ci vado!»

Passare da una cena di pirati a un costume di

strass (ma cosa sono gli strass, a proposito?) è un bello shock.

Io ci ho messo un po' a ricordarmi dov'ero, e a capire che per stavolta dovevo rinunciare al titolo di Regina dei Pirati. Con tutta la fatica che avevo fatto per abbordare e rapinare e accumulare tesori… A volte non c'è giustizia e le giornate iniziano storte.

Mi sono trascinata in cucina, dato che… va bene essere addormentate, ma certe cose non si dimenticano, e io mi ricordavo perfettamente dei biscotti che avevamo comprato per la colazione.

Dopo due o tre secondi mi ha raggiunta la mamma, che evidentemente era stata svegliata dagli stessi urli (che ora continuavano più attutiti, forse avevano chiuso le finestre). Aveva una faccia come un cuscino stropicciato e parlottava da sola: «Molto silenzio, eh?».

Non sembrava contentissima.

Ha fatto il tè mentre io le raccontavo dei pirati, ma secondo me un po' ascoltava e un po' no, perché a un certo punto mi ha chiesto qualcosa a proposito della musica della sera prima, che non c'entrava un bel niente.

Io ormai ero sveglia e pronta a iniziare le mie

esplorazioni: e la prima sarebbe stata al piano di sotto, per conoscere la famosa Federica.

Mi sono vestita da mare e cioè: costume da bagno rosso fuoco; pantaloncini corti blu (resistenti ai rovi); maglietta gialla con sole arancione (perché il tempo facesse bello); scarpe da ginnastica per camminare sulle rocce (da avventure). Inoltre (aggiunta della mamma): zainetto con dentro cappellino, telo per sedersi sulle rocce, maschera e boccaglio, succo di pesca, panino.

Ero veramente pronta.

La mamma mi ha detto che lei sarebbe stata a prendere il sole in terrazza, perché doveva leggere delle cose e non aveva voglia di esplorare; mi ha detto anche che dovevo tornare per pranzo, altrimenti lei per aspettarmi non avrebbe mangiato e le sarebbe venuto il nervoso, che è una cosa che succede davvero: io ormai lo so e cerco sempre di tornare in tempo, perché quando lei è nervosa è brutto.

Dato che eravamo d'accordo su tutto sono uscita, pronta per scoprire l'Isola dei Pirati.

Anzi: l'Isola delle Piratesse-Pirate.

Cap. 8

LE BUGIE CORRONO VELOCI

Ero partita in cerca di avventure ma in realtà non sono andata molto lontana: appena fatte le scale e aperta la porta che dava sul giardino, ho incontrato Federica.

«Ho mal di testa!» mi ha urlato addosso nell'attimo in cui ha sentito aprire la porta. Poi ha tirato su col naso e sembrava che avesse pianto moltissimo, e che quel mal di testa fosse davvero infernale.

Soltanto che appena si è accorta che ero io e non qualcuno di casa sua, ha cambiato subito faccia, ha smesso di tirare su col naso e si è messa a guardarmi.

«Ciao» ho detto io. «Io sono Lucilla, la tua nuova vicina di casa... sono ospite con la mia mamma che si chiama Nadia nella casa di tua zia Enrica, sai... quella al piano di mezzo... con i quadri di Rebecca e i divani...»

«Lo so benissimo com'è quella casa, non sono

mica stupida!» mi ha risposto lei, parlando alla velocità della luce. «Del resto, l'ha arredata la mia mamma, e io l'ho vista un sacco di volte. Anche ieri. Ma quanto vi fermate, voi? Perché a noi faceva comodo... io e la Marzia ormai abbiamo bisogno dei nostri spazi, sai, ma tu non puoi capire, tu sei ancora piccola... quanti anni hai? Sei? Sette? Si vede da come ti vesti, scusa, anche se tu... tu sei la figlia di quegli artisti poveri, vero? Me l'ha detto la mamma, che la zia vi ha prestato la casa perché voi non potete pagarvene una... mi ha spiegato che vivete in campagna, con le mucche. E mi ha detto anche che devo stare attenta a non prendere i pidocchi da te. Ce li hai i pidocchi?»

Ora: io di questo discorso non avevo capito quasi niente, e mi girava la testa. Io, come sapete benissimo, ho nove anni, e non ho i pidocchi, e non vivo con le mucche (purtroppo), e... ma la cosa che mi era piaciuta di più era quella faccenda degli artisti poveri. Sì, lo so, non si devono dire bugie. Ma il fatto è che in questi casi a me viene proprio automatico, cioè non è che lo decido, inizia a muoversi la lingua e, mentre sto ancora pensando a quello che dirò, l'ho già detto da un bel po'. È una cosa strana, non so se succede anche a voi, dev'essere perché le storie mi piacciono così tanto. Insomma: non avevo programmato niente, lo giuro. Però mi sono ritrovata come per magia a raccontare della vita di noi artisti poveri, in mezzo alle mucche e ai pidocchi.

«...e poi...» stavo dicendo «...giriamo di paese in paese, con la nostra mucca preferita che si chiama Cinzia ed è tutta nera tranne che per una macchia sulla pancia, e facciamo spettacoli in tutte le piazze, oppure dipingiamo i ritratti di chi ce li chiede, perché nella mia famiglia di artisti poveri alcuni sono attori e altri sono pittori. Ma tutti artisti poveri, comunque, è chiaro!» ho concluso trionfante.

Quella Federica mi guardava a bocca aperta. Chissà cosa le avevo raccontato... Ma perché ci casco sempre? Come poteva credere a quella storia assurda? Mi aspettavo che si mettesse a ridere e a prendermi in giro, invece lei ha detto soltanto: «E dove dormite?».

«Beh, per strada, naturalmente» ho risposto io, pronta. «A volte sotto un ponte, a volte in un fienile oppure, quando va proprio bene, in un casale abbandonato. Ma il problema è la pioggia. E la neve, anche. Una volta al mio povero babbo-artista povero gli si è congelato un dito: è diventato tutto blu e il mattino dopo gli è cascato. Povero babbo...»

Ero riuscita a zittirla, così adesso potevo guardarla meglio.

Aveva i capelli rossi e lisci, stretti in una coda di cavallo. Era piena di lentiggini e aveva la pelle chiara, quasi bianca. Aveva una maglietta cortissima che le lasciava scoperta la pancia, dei pantaloncini pieni di brillantini e (cosa ancora più strana, soprattutto se si pensa che era al mare, nel giardino della sua casa) una borsetta piccolissima con una tracolla molto lunga. Ora non sembrava proprio neppure lontanamente che avesse pianto o avesse mal di testa: anzi, sembrava una bomba pronta a esplodere. I suoi capelli mi piacevano moltissimo, anche se non erano ricci, e nel complesso mi sembrava simpatica, nonostante quei discorsi strani che aveva fatto.

«Vabbeh» ho ripreso io. «Andiamo al mare?»

È partita come un ciclone: «No, perché non hanno trovato il mio costume nuovo e io lo volevo perché la Marzia se l'è messo. Comunque peggio per loro perché tanto io quando voglio mi ci faccio portare

e così intanto ti ho vista e la Marzia non ti ha vista e ieri sera lei diceva di averti vista ma invece non è vero perché lei diceva che avevi i capelli neri ed eri tutta sporca anche in faccia di grasso per le macchine perché avevi dovuto lavorare sulla nave per pagarti il passaggio fino a qui ma io penso che lei non ti avesse vista affatto e invece *io* ti ho vista e ti ho anche parlato perciò la Marzia può stare zitta e questa volta sono arrivata prima di lei!».

«È vero, mi hai proprio vista prima tu» ho risposto io tutta contenta di essere così importante. «Ma ora non si potrebbe andare al mare?»

«No, ho deciso di no» ha detto lei con una strana aria che non mi è piaciuta molto. «Mi devi raccontare altre cose della tua vita, così poi quando torna la Marzia io so tantissime cose che lei non sa... e lei morirà di curiosità e di invidia».

«Non è molto tua amica, questa Marzia...» ho mormorato io, perché mi pareva chiaro che le due si odiassero parecchio.

«Ma come ti permetti!» è saltata su lei, come se l'avesse punta un'ape. «La Marzia è la mia migliore amica! Siamo amiche da quando eravamo piccole, non ti credere! E poi la Marzia è la fidanzata di mio cugino. Si sposeranno e io farò la testimone, avrò un vestito giallino chiaro chiaro chiaro tutto di veli e sarò anche più bella della sposa».

«È un po' brutta, questa Marzia?» ho chiesto io, perplessa.

«Ma cosa dici! La Marzia è la più bella della scuola! È bionda, ha gli occhi azzurri ed è la capitana della squadra di pallavolo. Lo sanno tutti. Tutti sono innamorati di noi due, e noi siamo inseparabili, anche le maestre lo dicono. Ma come ti permetti...» e qui mi ha guardato con uno sguardo schifato. «...tu, che non sei neppure bionda?»

Stava iniziando a stufarmi, quella.

E pure quell'altra, anche se non l'avevo ancora vista.

Non sembravano un granché, in fondo, e il mio mese sull'isola si annunciava peggiore di quello che avevo potuto pensare. Pirati, grotte, avventure... questa qui non sarebbe stata una gran compagna di esplorazioni. Non dovevo pensare a Leone, se no mi veniva la tristezza: lui sì che sarebbe sceso subito con me, che avrebbe trovato passaggi misteriosi, calette abbandonate, messaggi e resti dei pirati... Questa Federica mi sa che era un po' noiosetta.

Il problema però era che lei aveva deciso di intervistarmi sulla mia vita da artista povera, e non mi lasciava più andare via. Mi fossi morsa la lingua!

Insomma, già che c'ero, e che Leone invece non c'era, e che la mamma voleva prendere il sole e leggere e non certo fare esplorazioni con me... mi toccava Federica.

«Senti,» le ho concesso «io ti racconto tutto di me e della mia vita, però te lo racconto mentre stiamo al mare, magari dentro una grotta oppure scalando una parete di rocce. Che ne dici?».

Federica ha fatto di nuovo la faccia schifata: «Ma sono giochi da maschi, quelli! E poi io non voglio andare sulle rocce, perché rischio di graffiarmi».

Stavo perdendo la pazienza: «Ma tu cosa fai tutto il giorno, scusa?».

«Ah, io ho molte cose da fare. La mattina vado al mare, mi portano in barca... Sei mai stata su una barca? Tutti gli amici della mia mamma hanno la barca. Lei dice che le barche vanno bene e i gommoni no: piuttosto le barchette, e infatti ieri, che non sono voluta andare al mare con la Marzia perché lei mi aveva offeso mortalmente, mi ha poi portato Alfredo, che ha una barchetta. La barchetta è semplice, ma va bene. È un taxi, capisci? È come prendere un taxi, e io ogni tanto vado a scuola in taxi. Molte mie compagne vengono a scuola in taxi, ogni tanto. Io faccio la Scuola Francese. La Scuola Francese è la scuola migliore di Milano».

Aveva ricominciato a parlare veloce veloce di cose che trovavo veramente poco interessanti. Tra l'altro, una volta un taxi l'avevo preso anche io, e non è che mi sembrasse così eccezionale: era una macchina come quella di Valentina, solo che ci si sedevano moltissime persone tutti i giorni, come in un autobus. Una macchina-autobus, con un orribile odore di deodorante alla rosa e la radio forte. Chissà cosa ci trovava quella Federica.

Mentre pensavo così lei continuava a chiacchierare della sua scuola e delle sue compagne e delle sue maestre e del fatto che lei sapeva il francese benissimo eccetera eccetera eccetera.

«Vabbeh, senti, io adesso vado a esplorare, ciao» ho detto io a un certo punto, rimbambita da tutte quelle parole.

Ho preso il mio zainetto, me lo sono messa sulle spalle e mi sono avviata verso il cancello.

«Ma che cosa fai, esci da sola?» ha gridato quasi

scandalizzata Federica, smettendo finalmente di raccontare quelle sue cose inutili. «Guarda che glielo dico alla tua mamma! Glielo dico subito! Glielo vado a dire!»

«Non te lo consiglio» ho risposto io, richiudendo il cancello alle mie spalle. «È sul terrazzo a leggere e se fossi in te non la disturberei... Ciao, ciao, ci vediamo dopo!»

E finalmente sono scappata via.

Cap. 9

CONFESSIONI

Insomma, quel primo giorno sull'isola avrei dovuto capire diverse cose.

Ma siccome – come dice la mia mamma – a volte sono un po' tonta, non ho capito mica niente.

Cioè, che Federica non fosse simpaticissima l'avevo intuito. E anche della sua amica Marzia non avevo un'opinione altissima, lì per lì, ma ancora non avevo ricollegato tutto, la festa della sera prima, gli amici con le barche, il cugino "fidanzato" dell'amica, il costume con gli strass...

Alla fine mi ha dovuto chiarire le idee la mamma. È successo quella sera, dopo che avevo passato l'intera giornata a esplorare il paese basso (la mattina) e il paese alto (il pomeriggio). Il paese alto ha anche le mura e una torre, e da lì si vede il mare un po' come lo vedevano i pirati (secondo me). Nel paese basso invece c'è il verduraio, il panettiere e una ragazza simpatica che si chiama Alice e vende cose di legno e cartoline. Io ho fatto amicizia un po' con tutti, perché nei negozi dei paesi ci si trovano le cose più diverse e a me piacciono molto. Alice mi ha anche regalato una cartolina dell'isola con una grande barca nel mare, e mi ha detto che volendo si può far finta che sia una nave pirata, così, per farsi un'idea.

Quando sono tornata a casa era già un po' buio ma io non ero preoccupata perché la mamma dopo pranzo aveva aggiunto una torcia nel mio zainetto, proprio perché io non avessi paura del buio. E poi, dovete considerare che io sono una bambina di campagna, e al buio sono abbastanza abituata.

Comunque nella casa di sopra era tutto spento, e anche in quella di sotto. Solo in quella di mezzo, dove abitavamo noi, si vedeva che c'era qualcuno.

«Ciao!» ho detto entrando in casa. «Ho conosciuto Alice che mi ha regalato una foto-quasi-dei-pirati!»

«Ciao!» mi ha risposto la mamma dalla cucina. «Stasera si mangia in terrazza, lavati le mani e aiutami a portare fuori i piatti, che è quasi pronto!»

Mi sono lavata le mani anche se trovavo che la mamma avrebbe dovuto essere un pochino più interessata alla mia cartolina nuova. Ma siccome la

conosco bene, so che è soltanto un po' lenta: infatti appena ci siamo messe a portare fuori le cose per la cena mi ha subito chiesto di Alice e di quello che avevo visto e fatto, e ha anche voluto vedere la cartolina.

A tavola le ho raccontato tutto, tranne di quella Federica. Anche a pranzo di Federica non avevo parlato, perché avevo visto troppe cose più divertenti di lei, e poi il pranzo era durato pochissimo, solo un po' di pomodori e mozzarella e albicocche, ed ero corsa fuori di nuovo.

La mamma era già un po' abbronzata, o meglio un po' *rossa*. Aveva un buon odore di crema doposole e mi faceva allegria.

Anche mangiare sul terrazzo mi faceva allegria, perché tutto intorno era buio e c'erano le stelle e il mare che faceva rumore di mare e dei rumori della campagna e sembrava quasi di essere a casa (tranne che per il mare).

Quindi ero di ottimo umore e anche un po' stanca.

Dopo cena siamo state ancora un pochino sul terrazzo a guardare le stelle, e a un certo punto ho sentito chiarissima la voce di quella Federica. Sembrava talmente vicina che mi sono alzata e ho controllato in tutta la terrazza, per essere sicura che non fosse nascosta dietro un vaso. Parlava con la sua amica Marzia.

«Ma figurati se ci ho creduto!» diceva, ridendo. «Ti pare che potessi credere a una storia così assurda? Una mucca di nome Cinzia, figurati!»

«Invece ci hai creduto, ci hai creduto e ci hai creduto!» rispondeva Marzia, prendendola in giro. «Ho sentito benissimo quello che ha detto tua madre, ha detto che sei *sciocchina* e che quelle erano tutte *esagerazioni infantili*...»

«Non è vero!» si è messa a frignare Federica. «Io ho fatto finta di crederci, perché lei è una bambina piccola e io sono molto beneducata. Non come sua madre, che è veramente maleducata! Se tu sapessi cosa mi ha fatto oggi...»

Poi hanno chiuso la finestra e le voci non si sono sentite più.

Io e la mamma ci siamo guardate. Avevo un po' paura che mi sgridasse perché avevo raccontato tutte quelle bugie, ma ero anche curiosa di sapere che cosa le avesse fatto lei! "Molto maleducata", aveva detto Federica...

La mamma si è messa a ridere, sembrava non

finirla più. Poi ha detto: «Vieni, Gufo, andiamo dentro, che qui ci possono ascoltare orecchie nemiche!».

Appena dentro, ha chiuso tutte le finestre e si è fatta raccontare della conversazione che avevamo avuto io e Federica quella mattina. Ogni tanto ricominciava a ridere, oppure si faceva ripetere qualcosa. Il suo pezzo preferito era quello in cui al babbo cadeva un dito tutto blu dopo una notte passata in un fienile sotto la neve. E poi le piaceva anche molto come avevo distinto tra artisti-poveri attori e artisti-poveri pittori.

Abbiamo subito giocato a dividere tutta la nostra famiglia in queste due categorie, ma non era molto facile: Leone era sicuramente un pittore per via di come disegnava le astronavi, e anche il babbo e la mamma; io ero sicuramente un'attrice, come Marco. Ma Valentina? Pittrice non ci sembrava, ma neanche attrice...

Alla fine abbiamo rinunciato a classificare Valentina e lei mi ha raccontato del suo incontro con Federica.

Quando io l'avevo lasciata in giardino, lei si era subito precipitata a casa nostra, per dire alla mamma che io ero uscita da sola. Non mi aveva creduto e aveva pensato che io fossi scappata o qualcosa del genere.

Così era corsa a fare la spia: era arrivata sul pianerottolo e aveva suonato il campanello, anche se la porta in realtà era già aperta. La mamma aveva la cuffia nelle orecchie con dentro la musica, perciò all'inizio non aveva sentito un bel niente. Probabilmente Federica si era appesa al campanello, perché dopo un po' finalmente aveva sentito e le aveva urlato: «Entra, è aperto!» pensando che fossi io che avevo dimenticato qualcosa.

Era in terrazzo, sdraiata per terra su un telo azzurro bellissimo che le ha regalato il babbo apposta per prendere il sole. Aveva una crema verdina sul naso (se lo brucia sempre) e un olio abbronzante su tutto il resto del corpo. Aveva i capelli legati in una specie di turbante, per non ungerli. Dal turbante spuntavano i cavi delle cuffie della musica. Tra le dita dei piedi aveva messo del cotone per dipingersi più comodamente le unghie di tutti i colori: un piede aveva già le unghie colorate, l'altro no. Di fianco a lei c'era un cestino pieno di albicocche e dei noccioli delle albicocche che aveva già mangiato.

Federica era entrata come un razzo, ma a vedere quello spettacolo si era fermata dietro un divano, e non sapeva più se andare avanti o tornare indietro.

La mamma aveva capito subito che era la bambina del piano di sotto e aveva cercato di fare amicizia: le aveva teso la mano tutta piena di olio solare, le aveva offerto un'albicocca e addirittura le aveva chiesto se voleva laccarsi le unghie anche lei. Federica era inorridita. Aveva la mano unta e si trovava di fronte a una specie di marziana seminuda sdraiata sul pavimento, che le offriva un cestino pieno di noccioli sputati. Aveva ancora cercato di denunciarmi («Volevo solo avvisarla che sua figlia è uscita da sola...» aveva detto pomposamente), ma la mamma non aveva capito quello che intendeva dire veramente, aveva pensato che Federica stesse dicendo che voleva uscire anche lei e le aveva risposto semplicemente: «Se fai una corsa la raggiungi, vai, vai!», e poi aveva deciso che poteva rimettersi a prendere il sole.

Così Federica l'aveva trovata molto maleducata e – dato che l'avevo conosciuta un po', proprio quella mattina – potevo immaginare perché.

A ogni modo noi abbiamo riso molto con tutti questi racconti, ma poi, mentre mi accompagnava a letto, la mamma mi ha fatto un discorso serio, per spiegarmi com'erano questi nuovi vicini.

Lei dice che le persone sono tutte diverse ma anche un po' tutte uguali, come i gatti. I gatti, se uno li pensa rispetto agli elefanti, sono tutti molto uguali tra loro: hanno la coda fatta così e così, sono grandi più o meno così, hanno il pelo e le orecchie a punta e i baffi e tutte le altre cose da gatto. Però poi se uno li conosce sono tutti diversi: l'Olandese, per esempio, ha una faccia saggia e quel colore incredibile, mentre la gatta della mia compagna di classe Matilde ha un'aria da ballerina raffinata e il naso in su. E poi però sono di nuovo anche molto simili tra loro. Cioè dipende da dove li guardi, mi ha spiegato la mamma. Anche le mamme, per esempio, si assomigliano molto tra loro. Poi però se ne metti a confronto due qualsiasi, come per esempio Nadia e Valentina, ti sembrano subito diversissime. E allo stesso tempo si assomigliano ancora, come i gatti.

Tutto 'sto discorso dei gatti e delle mamme me l'ha fatto per spiegarmi che *in un certo senso* le nostre vicine del piano di sotto erano molto diverse da noi, ma *in un altro senso* erano molto uguali, e il trucco era riuscire a vederle dal senso giusto.

A loro piaceva vestirsi eleganti, fare le feste con i bicchieri luccicosi, andare in barca e prendere i taxi, mentre a noi piaceva vestirci colorate, fare le feste con gli amici che cantano, andare in bici e prendere il treno, ma a pensarci bene erano tutte cose molto simili, che servivano più o meno alle stesse cose.

"Sì-sì" ho pensato io. "Tutto questo può anche essere vero. Ma se io quella Federica la trovo un po' noiosa, cosa posso farci?"

La mamma ha ammesso che non potevo farci niente.

Però poi ha aggiunto: «Chi lo sa, Trottola, chi lo sa... In un mese possono succedere molte cose, soprattutto su un'isola...».

Io sul momento non l'ho ascoltata troppo, mi sembrava che cercasse semplicemente di consolarmi, come fanno a volte le mamme. E invece aveva ragione: aveva ragionissima, ma quella sera lì non lo sapevo ancora, e mi sono addormentata tranquilla.

Cap. 10

POVERA CONSUELO!

Il giorno dopo era giovedì, che è il mio giorno preferito.

Ho convinto la mamma a venire con me al mare. Ho visto una grotta, anche se non era una grotta molto misteriosa. Ho mangiato un gelato. Ho scoperto che il mare dove va Federica è una spiaggetta che si raggiunge solo con la barca, e che non ci sono molti posti di mare che si raggiungono a piedi. Ho fatto amicizia con Dante, che è un signore che è nato sull'isola e mi ha detto che *forse* un giorno mi avrebbe portato alle grotte quelle che non conosce nessuno, ma solo se fosse venuta anche la mamma perché lui con una bambina e basta non sapeva che discorsi fare. Ho conosciuto anche la giornalaia ma non era molto simpatica e parlava a voce troppo alta. Ho scoperto che sull'isola c'è un laghetto che è anche una riserva naturale e questo vuol dire che ci sono molti uccelli rari e insettini.

Se solo Federica e Marzia fossero state un po' più avventurose, avrei organizzato volentieri una gita al lago. D'altra parte, avevo paura che Federica fosse offesa con me per via di tutte quelle bugie, perciò per qualche giorno sono stata contenta di non incontrarla.

È passato anche venerdì, e a me sembrava di conoscere proprio tutti sull'isola.

Il sabato, però, è arrivata molta più gente.

Si vede che la gente va sulle isole nel weekend, perché i negozi e le strade si sono riempite di facce nuove, che ero sicurissima di non aver mai incrociato.

Oltre a essere sabato era anche iniziato luglio, e forse questo spiegava tutta quella gente.

Leone era partito per la Svizzera, come tutti gli anni.

Io iniziavo a essere veramente abbronzata, somigliavo sempre di più alla mia scimmia Hilda.

La mamma prendeva il sole ininterrottamente, ma non era troppo noiosa perché, anche se stava sdraiata con gli occhi chiusi, riusciva lo stesso a chiacchierare con me. Abbiamo giocato anche ad alcuni dei nostri giochi preferiti, tipo indovinare personaggi oppure storie, ma senza il resto della famiglia non era il massimo, perché una cosa è giocare in due e un'altra (che è meglio) giocare in sei.

Comunque io andavo molto in giro da sola, e come ho già detto avevo un sacco di amici sia nel paese alto che in quello basso.

Quell'isola su cui eravamo è una bella isola, secondo me, perché è piena di cose diverse, come per esempio le grotte ma anche un campo da calcio, il laghetto ma anche gli scogli, il faro per le barche ma anche le montagne (non altissime, ma ci sono), i paesi con i bar e le pizzerie ma anche molta campagna dove non c'è niente, eccetera eccetera. Però una delle cose più interessanti dell'isola a me sembrava la prigione.

Su quell'isola, infatti, ci avevano costruito una prigione, in modo che i carcerati lavorassero lì intorno, in campagna, e non potessero scappare, perché da un'isola è più difficile andare via senza che qualcuno ti veda: come minimo c'è bisogno di una barca, no? Ma a un certo punto hanno deciso che questa prigione non serviva più, così hanno portato via i prigionieri e le case dei guardiani sono rimaste abbandonate, e fanno molta paura.

Cioè: a me non facevano paura, lì per lì, ma a forza di sentire racconti su questa prigione campagnola un po' mi sono spaventata anche io, senza contare quello che è successo dopo.

Infatti all'inizio vi avevo detto che questa era una storia piena di avventure, e per adesso non ve ne ho ancora raccontata neppure una. Il fatto è che sono arrivate tutte insieme, non me lo aspettavo neppure io: credevo che avrei passato tutto il mese a girovagare per l'isola, con o senza Hilda e con o senza la mamma, ma le avventure non me le immaginavo, e soprattutto non pensavo che potessero avere a che fare con quella prigione abbandonata.

E invece le avventure sono arrivate tutte insieme, con il traghetto del lunedì, e la prigione un po' di paura me l'ha fatta davvero.

Ma bisogna che racconti con ordine.

Lunedì mattina mi sono svegliata prima del solito: dal piano di sotto veniva un gran rumore di mobili spostati e aspirapolvere. Consuelo, la ragazza che aiutava la mamma di Federica (e che stava sempre con loro, altroché braccio rotto...), doveva avere un bel daffare.

Io dormo con la finestra aperta, e probabilmente

anche le nostre vicine avevano aperto le finestre per fare pulizia, perché da camera mia sentivo benissimo tutto quello che succedeva di sotto, nella camera da letto della mamma di Federica.

In genere non sentivo nulla, perché evidentemente io e quella mamma non facevamo gli stessi orari: lei si svegliava sempre molto tardi e andava a dormire quando io ero già a metà della mia notte di sonno. Infatti era un'appassionata di feste e, quando non le organizzava lei (come quella prima sera con le lucine in giardino), andava a quelle che organizzavano gli altri, nelle altre case o sulle barche. Perciò, a pensarci bene, io credo che quella cosa che ci aveva detto Consuelo la prima sera, che lei aveva bisogno di silenzio, forse non era vera davvero, anche se non capisco bene perché dircela, dato che, tra l'altro, noi non siamo per nulla rumorose.

Tutte le sere Consuelo cercava di mettere a letto Federica e Marzia: la sentivo pregarle di muoversi, dire che era tardi e che la Signora (lei la chiamava così) voleva che andassero a dormire prima, perché i bambini non devono stare alzati la sera. Quelle due però ridevano e continuavano a chiacchierare in giardino come se nulla fosse. Io non le vedevo perché era buio, ma sentivo le loro voci venire dalla panchina che sbucava da dietro il cespuglio alto, vicino alla porta. Ma questo non c'entra: volevo solo dire che in genere la mattina la mamma di Federica dormiva fino a molto tardi, mentre quella mattina lì si era svegliata prima di me e aveva iniziato a dare ordini a Consuelo perché pulisse tutto.

Mi ricordo che ho pensato che forse in quella casa si usava pulire tutto tutti i lunedì. Mi sono immaginata che per sei giorni nessuno rifacesse i letti, né lavasse i piatti né i vestiti sporchi e magari neppure i propri denti, la sera, prima di andare a dormire. Poi mi sono ricordata di com'era pulita e ordinata Federica quel giorno in cui l'avevo incontrata, e ho capito che la spiegazione non poteva essere quella, doveva essere un giorno particolare.

Non ho dovuto aspettare molto per capire che cosa stava succedendo: dalla mia finestra entrava la voce della mamma di Federica: «Consuelo, *mi raccomando*. La casa deve essere pulita davvero, per una volta. Siamo al mare, qui, e io non voglio certo essere formale, se la casa è sempre in disordine... anche tu ti devi riposare, anche tu sei in vacanza, naturalmente. Ma *oggi!*, oggi, ti prego, cerca di fare uno sforzo.

Arriva mia sorella, la moglie dell'ingegnere, e tu sai bene com'è abituata lei! Ti ricordi com'è elegante la sua casa, Consuelo? Ci sei stata anche tu, te lo ricordi? Puoi capire anche tu che entro le sei dev'essere tutto *perfetto*. Ho detto *perfetto*, Consuelo. Che vuol dire perfettamente pulito, perfettamente ordinato, perfettamente pronto. Quando si arriva col traghetto si è stanchi, non si vuole certo andare fuori a cena, o mangiare in una casa che è stata chiusa dei mesi, per carità. Mangeremo qui: un piccolo aperitivo in salotto e una cena leggera in giardino. C'è da fare la spesa, da cucinare, ma soprattutto da trasformare questa casa in un posto civile. Ah: oggi naturalmente le bambine torneranno dal mare subito dopo pranzo, in modo che anche loro abbiano il tempo di prepararsi. Insomma: ci sono molte cose da fare, cosa fai ancora qui? Prima cosa: pavimenti e finestre. Mi raccomando: tutto perfetto, *per una volta*».

Dopo questo discorso terribile la mamma di Federica era uscita sbattendo la porta.

Povera Consuelo, non la invidiavo affatto.

Cap. 11

ARRIVA IL TRAGHETTO

A me il discorso della mamma di Federica non mi tornava molto: infatti proprio non capivo perché era così preoccupata dell'arrivo di sua sorella. Se era sua sorella, che le importava di come vedeva la sua casa? Io mica mi vergogno se la mamma o il babbo o Marco o Valentina o Leone vedono la mia camera in disordine! Se no che gusto c'è ad avere una famiglia?

Non solo: la povera Consuelo non era affatto in vacanza... faceva la spesa tutti i giorni, cucinava, puliva, cercava di farsi dar retta da Marzia e Federica: a me sembrava che lavorasse parecchio!

Ma la cosa che mi tornava meno riguardava proprio noi: se la mamma di Federica sapeva che quando si arriva col traghetto si è stanchi, perché a noi non ci aveva invitate a cena la prima sera?

Quella signora mi stava sempre meno simpatica, devo ammetterlo.

E il nuovo pezzo di famiglia che stava per arrivare prometteva ancora peggio, con quella casa ordinatissima... ma che vita facevano queste persone a Milano?

Se mi avevano portato lì per farmi fare amicizia con una milanese, il loro piano era decisamente fallito. Sempre di più mi convincevo che Milano non era un bel posto dove andare, e che anche il babbo se ne sarebbe accorto subito, e così tutti quegli assurdi discorsi della Riunione Straordinaria si sarebbero finalmente chiusi. Pensavo che ci avrebbe raggiunto presto, dato che aveva passato a Milano quasi una settimana, e di sicuro doveva essersi già fatto un'idea.

Il problema era che con il babbo era un po' difficile comunicare, perché noi in questa casa di mare non avevamo il telefono, e anche se la mamma aveva un cellulare per qualche ragione non funzionava mai, o molto poco, o molto male. Così non lo sentivamo tutti i giorni, e io non sapevo se aveva già capito che Milano non era il posto per noi.

Io comunque, per sicurezza, gli avevo scritto una lunga lettera in cui gli avevo raccontato di queste tre milanesi che avevamo al piano di sotto, e di come a loro piacessero delle cose proprio molto diverse da quelle che piacciono a noi, e insomma gli avevo detto che erano un po' noiose e che quindi era meglio rimanere a casa. L'avevo imbucata il sabato, e pensavo che gli sarebbe arrivata molto presto.

Nel frattempo, però, io potevo approfittare del fatto di essermi svegliata prima del solito per cercare di convincere la mamma a venire con me e il signor Dante a cercare grotte segrete.

Così mi sono alzata e vestita, e ai vicini milanesi non ho pensato più fino a sera.

Infatti, in realtà, una piccola avventura c'è stata anche prima dell'arrivo del traghetto, perché il signor Dante ci ha portate davvero fino a delle grotte bellissime, e io ho fatto il bagno tuffandomi dalla sua barchetta, con la maschera, e sotto si vedeva tutto un po' buio e un po' luminoso, e c'erano dei pesci e anche una medusa, ma piccola. Poi abbiamo mangiato i panini della mamma e il signor Dante ci ha raccontato di quando era bambino lui e andava con i suoi amici a fare il bagno proprio in quelle grotte lì, però senza la maschera, perché non l'avevano ancora inventata o non so perché. Alla fine il signor Dante mi ha detto che *forse* un giorno mi avrebbe

portata a pescare, dato che ero stata abbastanza simpatica. Io in genere mi offendo se mi dicono che sono *abbastanza* simpatica, ma il signor Dante è un po' a spigoli e non dice le cose gentili anche se si vede che è buono, perciò l'ho perdonato subito.

Mentre tornavamo con la nostra barchetta abbiamo visto che era appena arrivato il traghetto: i marinai stavano gridando a quelli del porto di legare le funi e tutte quelle cose che servono per poter fermare una nave. Naturalmente il signor Dante non teneva la sua vecchia barchetta dove si ferma il traghetto e neppure dove ci sono tutte le barche lussuose che piacevano tanto a Federica: stava in un posto molto più comodo, molto più riparato, dove, ci ha detto, la teneva già suo padre e anche suo nonno.

Così eravamo proprio lì, a scaricare le cose dalla barca e a ringraziare il signor Dante, quando è passata una macchina grande, con le ruote grandi, che sembrava uscita da un film di guerra americano. La macchina la guidava una donna bellissima, abbronzata, che a me sembrava una giocatrice di tennis o una sciatrice; insomma, una con l'aria da combattimento. Era sorridente, sembrava gentile e aveva perfino i capelli un po' rossi. Di fianco a lei c'era un ragazzino un po' più grande di Leone. Lui non aveva i capelli rossi come la sua mamma, ma marroni come me. Aveva gli occhiali, una maglietta blu e uno zaino in cui stava frugando con tutte e due le mani.

La macchina ci ha superati, poi è rapidamente tornata indietro e si è fermata proprio di fianco a noi.

«Ciao Dante!» ha gridato il ragazzino tutto allegro, come se vedesse un vecchio amico. «Ti ho portato quel libro di pesci di cui ti parlavo l'altra volta, l'ho messo proprio qui per potertelo dare subito...» e gli ha teso dalla macchina un librone enorme, sembrava un'enciclopedia, tutto pieno di foto di pesci. «Non vedo l'ora di venire a pescare con te!»

Il signor Dante sembrava contento, e io – non so perché – ho notato che il ragazzino aveva gli occhi verdi come quelli dell'Olandese, però più allungati.

«Dovrà avere pazienza anche quest'anno, temo...» ha detto la signora bellissima e sportiva sorridendo al signor Dante. «...Daniele non fa altro che parlare di pesci ultimamente!» Poi si è messa a ridere, si è scusata perché ci aveva interrotto e sono ripartiti veloci verso il paese alto.

Cap. 12

UN SEGRETO PERICOLOSO

Insomma: voi l'avrete capito subito, quelli erano la terza sorella e il cugino Daniele. Gli ospiti che quelle milanesi stavano aspettando così tanto. Quelli con la casa lussuosa ordinatissima.

C'era solo una cosa che non mi tornava affatto: a vederli così, sembravano simpatici.

Mi ero fatta l'idea che dovessero essere orribili, ma evidentemente ogni tanto bisogna guardare due volte prima di essere sicuri, e dopo tutto quello che è successo l'ho imparato per bene.

Comunque, lì per lì, non è che mi importasse moltissimo di quei due, perché ero sicura che non li avremmo mai più incontrati (e mi sbagliavo). Mi sono perciò concentrata sul signor Dante che stava parlando alla mamma proprio delle tre sorelle della Villa delle Rose. Borbottava: «Loro conoscono l'isola, ci vengono da tanti anni. Quelle altre due sorelle... non lo so, mi sembrano così... eleganti, ecco.

Con quelle loro barche! Mah. Però il ragazzino è a posto, è come i suoi genitori, serio e silenzioso. Ogni tanto lo porto a pescare con me».

La mamma ha dovuto ammettere che noi questa Annalisa e questo Daniele non li conoscevamo, e il signor Dante si è messo a scuotere la testa come se fosse molto grave. Poi ha raccontato ancora delle tre sorelle. Ha detto che quella era l'isola del cuore di Annalisa, che ci veniva da sempre. Poi la sorella minore era diventata invidiosa, o qualcosa del genere, e avevano comprato la Villa delle Rose.

«E Federica?» mi sono intromessa io, perché il signor Dante non l'aveva mai nominata.

«E chi è Federica?» ha chiesto lui, come se proprio non ne avesse idea.

«È la cugina di Daniele!» ho risposto io, un po' stupita.

«Ah: *quella*» ha detto lui con aria disgustata. «È una bambina molto elegante, *quella*: dovrebbe andare al mare nei posti eleganti, con la sabbia, le sedie a sdraio e i bar sulla spiaggia... si divertirebbe di più, mi sa» e poi si è messo a ridere e ci ha salutate.

Io e la mamma avevamo deciso che quella sera avremmo aspettato nel paese basso l'ora giusta per telefonare al babbo, perché da lì il nostro cellulare funzionava. Così, appena rimaste sole, ci siamo comprate una coppa di gelato molto grande e ci siamo sedute a un tavolino a chiacchierare fino a quando non sono venute le otto. Poi abbiamo telefonato al babbo, ma stranamente lui non aveva ancora ricevuto la mia lettera (forse da un'isola la posta ci mette di più, non so). Comunque ci ha detto che sarebbe venuto prestissimo a trovarci, perché ovviamente aveva molta nostalgia di noi, poverino.

La cosa strana è successa quando siamo arrivate a casa: sulla porta c'era un biglietto indirizzato proprio a noi due, c'era scritto:

PER LE AMICHE DI ENRICA:
MIA SORELLA HA PREPARATO UNA CENA
IN GIARDINO PER IL NOSTRO ARRIVO,
PERCHÉ NON VENITE ANCHE VOI?

Era firmato "Annalisa e Daniele".

Ci siamo un po' dispiaciute perché ormai erano le nove passate, comunque siamo andate subito in giardino, con ancora le borse del mare e i capelli tutti pieni di sale (io mi vergogno un po' quando la mamma fa queste cose, ma poi lei ride con una delle sue risate e io non ci penso più).

In giardino c'era un tavolo con una bella tovaglia bianca e cinque posti apparecchiati. Però Daniele era già andato a dormire (questo me l'hanno detto dopo) perché era stanco per il viaggio, perciò c'erano solo femmine: le due sorelle, Federica e Marzia (Consuelo forse era andata a dormire anche lei, dopo tutto quello che aveva dovuto pulire). Appena ci hanno viste sono state tutte gentilissime con noi, come se fossimo persone importanti.

«Carissime!» ha detto la mamma di Federica, alzandosi in piedi e venendoci incontro. «Finalmente vi fate vedere, in questi giorni è riuscita a scovarvi soltanto la mia Federica, quella peste!»

E qui ho avuto la seconda sorpresa, perché la mamma di Federica era proprio quella ragazza bionda che avevamo visto la prima sera, durante la festa in giardino con le lucine e tutti quei bicchieri bellissimi, quella ragazza che avevo notato perché sembrava pronta per andare in spiaggia con costume e pareo, quella che aveva capelli lunghissimi e tutta la pelle piena di brillantini e che si muoveva come se avesse avuto i tacchi alti anche se in realtà era scalza, vi ricordate? Proprio quella. La cosa mi ha talmente stupito che mi sono distratta un attimo (ogni tanto mi succede) e, quando ho ricominciato ad ascoltare, la mamma stava già chiacchierando veloce veloce e aveva preso un bicchiere di vino e si era seduta e insomma mi è toccato parlare di nuovo con Federica e soprattutto conoscere Marzia.

Marzia era una bambina che sembrava una bambola: aveva capelli chiarissimi e liscissimi e morbidissimi, occhi enormi e azzurri, un nasino piccolino, un gran sorriso e un vestito un po' strano, moderno, viola e rosso. Si vedeva lontano un miglio che poteva essere perfida, del tipo che fa le cattiverie con dei gran sorrisi. Federica invece era una bambina più normale, e poi aveva quei capelli rossi che mi sarebbero piaciuti tanto. Marzia mi guardava e non diceva niente, e Federica le parlava all'orecchio e ridacchiava: non una gran bella situazione, secondo me.

«Ciao» ho detto dopo un po', giusto per dire qualcosa.

«Ciao, artista povera!» ha detto Federica, e si è messa a ridere insieme a Marzia.

«Com'è che ti chiami, *scusa*?» mi ha chiesto Marzia. «Ludmilla? Priscilla?»

«Mi chiamo Lucilla!» ho risposto io, ma mi stava già facendo venire i nervi. «Mi chiamo così per via di un personaggio di un libro, un libro che la mamma leggeva mentre mi teneva nel pancione». E poi ho aggiunto: «Tra l'altro è un libro molto bello, io l'ho letto e c'è questa ragazzina che deve stare in vacanza con delle bambine piccole, e scrive alla sua amica, che appunto si chiama Lucilla, e le racconta...».

Qui mi sono interrotta, perché quelle due parlavano fitto-fitto tra loro, ridacchiando, e non mi piaceva per niente.

«Ah sì?» ha detto quella Marzia. «E si può sapere perché la tua mamma leggeva un libro per bambini?» e si è messa a ridere.

Le avrei mollato un pugno sul naso, peccato che proprio in quel momento la mamma di Federica (cioè la bionda luccicosa della festa) ha detto con una voce tutta carina: «Potete andare a giocare un po', bambine, andate... Le mamme devono parlare di cose da grandi, andate, andate...».

Io dubito che dovessero parlare davvero di cose da grandi, comunque mi sarei divertita di sicuro di più a parlare con loro che non a seguire quelle due,

ma ho dovuto alzarmi lo stesso perché Federica mi tirava per una manica e mi faceva male.

Mi hanno portato alla "loro" panchina, quella che sbucava da dietro al cespuglio alto, vicino alla porta, dove le sentivo sempre chiacchierare la sera. Continuavano a sussurrare tra loro e a ridacchiare, e stavo quasi per andarmene a fare un giretto da sola a cercare lucciole, quando Marzia mi ha detto: «Ti diciamo un segreto, *Lucilla*». Ha pronunciato il mio nome come se fosse storto, e ha strizzato l'occhio a Federica, l'ho vista benissimo, ma di fronte a un segreto non so resistere, perciò sono rimasta. «È un segreto *mooolto* segreto, e devi giurare di non dirlo a nessuno, va bene?»

«Io non dico i segreti!» ho risposto offesa, perché infatti è vero.

«Brava» ha continuato Marzia. «Non li dire. Soprattutto questo, perché questo è un segreto che riguarda un terribile criminale, cattivissimo proprio». E poi ha concluso seria, guardandomi dritta negli occhi: «E sai cosa? Se sapesse che lo dici in giro, ti ucciderebbe».

Cap. 13

IL MIO GRANDE PIANO

“Un criminale” aveva detto Marzia. Non le credevo molto, naturalmente, ma intorno era tutto buio e un pochino di paura la faceva, perciò sono stata zitta.

«Sì, sì, un criminale!» ha ripetuto Federica, come se io non avessi capito bene. «Un criminale terribile che potrebbe tagliarci tutte a pezzetti oppure buttarci nel mare oppure...»

«Va bene, insomma: uno pericoloso» ha tagliato corto Marzia. «È arrivato oggi col traghetto».

«Come fate a saperlo?» ho chiesto io, dato che quando la nave è arrivata loro non erano affatto nel paese basso.

«Lo so perché me l'ha detto il mio fidanzato» ha risposto fiera Marzia. E Federica ha aggiunto: «Mio cugino Daniele! Lui lo sa, perché c'era anche lui sul traghetto e l'ha visto da vicino! Ci ha raccontato che è quasi del tutto pelato e ha uno zaino pieno di armi da cui non si separa mai e poi...».

«Insomma: è molto cattivo» ha chiuso l'argomento Marzia, senza darmi nessun altro dettaglio per riconoscerlo. «Ed è qui per lui».

«Per lui chi?» ho chiesto io.

«Ma per lui, per Daniele, no? Vuole rapirlo» ha risposto Marzia sottovoce, come se intorno a noi ci fossero state centinaia di spie pronte a registrare ogni parola.

«È perché mio cugino è molto ricco, sai? È ricchissimo, perché suo papà è ricco e anche suo nonno era ricco e anche il papà e il nonno di suo nonno, e quando uno è ricco lo vogliono rapire» mi ha spiegato Federica.

«Insomma: questo criminale vuole rapire il mio fidanzato per chiedere un riscatto e diventare ricco anche lui».

«Sì» ha aggiunto Federica. «Lo vuole prendere e portare in una grotta segreta che sa solo lui e tenerlo prigioniero lì fino a che gli zii non pagheranno il riscatto. E se non pagheranno subito, lui gli taglierà un dito alla volta, e li spedirà agli zii, così saranno costretti a pagare».

«E come fa a saperlo tuo cugino?» ho chiesto io.

«Ha indagato» ha risposto Marzia con aria misteriosa. «Mentre erano sulla nave. Lui li seguiva da Milano, e Daniele se ne è accorto».

«È per questo che è dovuto andare a letto presto stasera, ce l'ha detto lui!» è intervenuta Federica. «Era stanchissimo perché aveva dovuto indagare e indagare, da solo, con molti pericoli...»

«Sì, vabbeh, insomma: l'ha scoperto» l'ha di nuovo interrotta Marzia. «E ora dovrà stare molto attento».

«Ma dobbiamo aiutarlo!» ho esclamato io, subito pronta a organizzare un piano. Se solo ci fosse stato Leone... lui avrebbe saputo di certo cosa fare. Anche a lui piaceva indagare.

Purtroppo non potevo neppure chiedergli un consiglio, perché le lettere ci mettevano così tanto e questa era una cosa che sembrava davvero molto urgente.

Povero Daniele! Era una bella fregatura nascere in una famiglia dove tutti sono così ricchi! Voglio dire: invece di potersene stare in pace a indagare e leggere libri di pesci gli toccava scappare da un rapitore che gli voleva tagliare qualche dito. E poi una cosa è esplorare una grotta misteriosa di giorno, magari con qualcuno di simpatico (tipo Leone), un'altra è restare chiusi in una grotta giorno e notte con un tizio pelato pieno di armi. Tra l'altro, immagino che in una grotta faccia freddo e umido e non credo che se uno ti rapisce stia molto attento a darti da mangiare cose buone o coprirti la notte o accenderti una lucina se per caso sei spaventato, anzi credo che i rapitori vogliano proprio che tu sia il più spaventato possibile, sono fatti così.

Era una cosa da evitare a tutti i costi.

Bisognava fermare il rapitore.

«Ma perché non lo diciamo alla polizia?» ho chiesto, dopo averci pensato un po'.

«Già, era venuto in mente anche a noi, però...» ha iniziato a rispondere Federica. E Marzia, subito: «È venuto in mente anche *a te*, veramente. E Daniele ti ha detto che non è possibile, perché finché un rapitore non ti rapisce mica possono arrestarlo! Se lo arrestano prima, lui dice che non voleva fare niente e lo liberano subito. È chiaro, non ci vuole molto a capirlo».

Già, sembrava chiaro anche a me, a ben pensarci. Solo che allora bisognava aspettare che cercasse di prendere Daniele e solo *dopo* si poteva chiamare la polizia... ma così si rischiava che intanto lui riuscisse a portarlo in una grotta nascosta e poi chi lo trovava più? Oltre al fatto che a quel punto aveva Daniele e poteva tagliarlo a pezzettini per non farsi catturare, come succede nei film. Insomma, era una cosa terribile.

L'ideale sarebbe stato catturarlo *subito prima* che riuscisse a prendere Daniele, quando non poteva più negare di essere un rapitore ma Daniele era ancora libero.

Cioè: avremmo dovuto attirarlo in una trappola, portarlo in un posto dove lui poteva credere di essere da solo e di poter fare tutto quello che voleva, un posto isolato dove nessuno avrebbe sentito le urla di un ragazzino... e lì, poco prima che si lanciasse su Daniele, chiamare i poliziotti, in modo che vedessero tutto e potessero catturarlo.

Questa sarebbe stata una buona idea, ma dove trovare su quell'isola un posto così, raggiungibile ma lontano da tutto, un posto dove il rapitore si sentisse tranquillo ma anche dove fosse credibile attirarlo, cioè dove fosse possibile che Daniele andasse a fare una passeggiata, tanto per divertirsi?

E a quel punto mi è venuta l'Idea.

Tutto a un tratto era ovvio, non so come avevo fatto a non pensarci prima... Daniele sarebbe dovuto andare a pescare al laghetto, e questo era credibile, dato che amava tanto pescare. E poi da lì avrebbe dovuto fare due passi, salire sulla montagna, come se avesse voluto soltanto fare un giretto. E sulla montagna, oltre al laghetto, c'era il luogo ideale, quello in cui il rapitore si sarebbe sentito al sicuro e avrebbe tentato di prenderlo, cadendo nella nostra trappola.

Era semplice, c'era un solo posto dove saremmo riusciti a catturarlo: la prigione abbandonata.

Cap. 14

UN ERRORE FATALE

Forse non avrei dovuto parlare del mio piano a quelle due, ma del resto come potevo pensare di fare tutto da sola? Certo, loro non erano molto affidabili, questo si vedeva lontano un miglio.

A ogni modo gliel'ho detto subito, a mano a mano che mi veniva in mente. Marzia e Federica mi guardavano come se fossi matta.

«Ma questo è un piano da maschi!» ha detto Federica a un certo punto.

Mi sembrava un commento un po' strano, ma ormai avevo capito che con loro era inutile discutere, perciò ho diviso i compiti così: *loro* dovevano convincere Daniele ad andare a pescare al laghetto, dopo pranzo, e chiamare la polizia; *io* dovevo seguire il rapitore per controllare che non facesse niente di male finché non arrivavano i poliziotti. Non era molto chiaro come avrei fatto a fermare un crudele criminale da sola, ma ancora non ci avevo pensato.

Il piano era pronto, e io non vedevo l'ora che fosse il giorno dopo per dimostrare a quelle due smorfiose che una bambina femmina, per di più campagnola e con un nome che loro non capivano, poteva essere molto più eroica di quello che pensavano loro.

A letto non riuscivo ad addormentarmi, continuavo a immaginare di tutto: io che catturavo il rapitore con una grande rete da pesca e lo consegnavo ai poliziotti dicendo che era stato facilissimo; io che ricevevo un premio in piazza come Persona Molto Coraggiosa; io che venivo ringraziata da Daniele, che confessava di non aver mai visto una bambina così intelligente e che il mio piano era stato straordinario; Marzia e Federica che ammettevano di essersi sbagliate su quasi tutto; la mamma che mi abbracciava commossa...

...a proposito della mamma, lei l'avevo proprio persa: probabilmente con quella Annalisa si era trovata bene e aveva fatto amicizia, perché dopo avermi accompagnata a letto era salita al piano di sopra per vedere non so che pianta che stava male e che lei si era offerta di curare (la mamma con le piante è quasi miracolosa, le crescono tutte belle grasse folte allegre, ve l'ho già detto?). Sentivo i loro passi sopra la mia testa e le loro voci – lontane e morbide – mentre chiacchieravano e chiacchieravano e chiacchieravano.

Quella specie di brusio mi deve aver fatto da ninna-nanna, perché a un certo punto mi sono addormentata, senza neppure accorgermene.

Quando mi sono svegliata era abbastanza tardi, e la mamma era già sulla terrazza, con una tazza di caffè in una mano e una pianta nell'altra. Il cielo era un po' grigio, ma lei era tutta allegra: «Ciao, Carciofo!» mi ha salutata facendomi vedere un vaso. «Guarda che bella, questa pianta... Annalisa dice che non riesce a farla crescere... e ci credo! Aveva un vaso troppo piccolo! Vedrai come starà meglio ora che gliel'ho cambiato... Vuoi un po' di latte e poi mi accompagni di sopra? Così tu conosci il figlio di Annalisa e io le riporto la pianta. È proprio simpatica, sai? Abbiamo scoperto di avere anche due amiche in comune! Te le ricordi quelle mie amiche che fanno vestiti, quella coi capelli neri neri corti corti e quella con i riccioli rossi? Beh, pensa che sono state ospiti da lei a Milano la settimana scorsa!»

A volte la mamma parla davvero tanto, e quella mattina era difficile fermarla. Le sue amiche me le ricordavo benissimo, ma in quel momento non mi interessavano molto. Invece l'idea di conoscere Daniele mi piaceva.

Se il rapitore non lo rapiva poteva essere un ottimo compagno di avventure isolane: gli piaceva pescare (e a me anche), aveva l'aria simpatica e per di più era amico del signor Dante. Per non parlare del fatto che aveva quegli occhi verdi e lunghi così simili a quelli dell'Olandese: era un buon punto di partenza, secondo me.

Non sapevo se avvisarlo del mio piano o se invece era meglio che non lo sapesse, a ogni modo volevo conoscerlo al più presto, perciò ho fatto velocemente colazione, mi sono vestita da gita (il piano prevedeva per il pomeriggio una bella passeggiata in montagna), poi io e la mamma siamo salite al piano di sopra.

La casa di Annalisa era molto colorata: c'erano dei grandi pannelli di stoffa rossa e arancione alle pareti e dei pouf viola, una stuoia con sopra un sacco di cuscini e dei mobili laccati rossi e neri con delle maniglie tonde e molti cassetti.

Le foto alle pareti, invece, erano quasi tutte foto di persone che camminavano in montagna, oppure che scalavano una montagna, oppure che si riposavano su una montagna. La cosa era un po' buffa perché eravamo su un'isola, cioè in un posto pieno di mare, ma evidentemente la montagna era proprio la loro passione.

Annalisa aveva un paio di semplici pantaloncini blu e una maglietta bianca; i capelli li aveva legati sulla testa, tenuti insieme da un bastoncino; ai piedi aveva dei sandali pieni di lacci, con la suola di gomma. Sembrava proprio simpatica, la mamma aveva ragione.

«Ciao Lucilla!» mi ha detto, come se ci conoscessimo da molto tempo. «Ti piace la nostra casa?»

«Sì» ho risposto io. «Qui si vede che ci sta davvero qualcuno... quella dove stiamo noi sembra una casa finta!»

La mamma si è messa a ridere, ma Annalisa mi ha guardato seria. «Sai che hai ragione? L'ho pensato anch'io, quando ci sono stata! Enrica non ci viene mai e l'ha arredata per lei Barbara, che...» Qui si è interrotta e ha scosso la testa: mi sa che quella sorella sembrava un po' terribile anche a lei. «Comunque, secondo me, dovresti pensarci tu. Credo proprio che lei ti sarebbe grata se gliela trasformassi un po', sai?» Poi si è messa a ridere anche lei e si è rivolta alla mamma: «Ma guarda la pianta! Mi sembra quasi che stia già meglio, anche se so che non è possibile! Senti: perché non vieni a dare un'occhiata anche al giardino, sotto? Ci sono diverse cose che ti volevo chiedere...».

«Ottima idea!» ha risposto la mamma, per la quale non c'è niente di meglio che razzolare tra vasi, radici e foglioline, soprattutto quando non c'è il sole e non può stare sdraiata come una lucertola tutta piena di crema abbronzante. «Ma dov'è Daniele? Volevo presentarlo a Lucilla!»

«Eh, che peccato...» ha risposto la mia nuova amica Annalisa (lei mi stava piacendo sempre di più). «Purtroppo non so perché, ma ha insistito che doveva *assolutamente* andare a pescare al laghetto, nonostante le nuvole... ed è uscito da cinque minuti!»

Al laghetto? Assolutamente? Oh, no! Quelle due imbranate avevano sbagliato orario e adesso Daniele era da solo con il suo rapitore...

Cap. 15

IL BINOCOLO NERO

E così Marzia e Federica avevano sbagliato orario. Dovevano aver detto a Daniele di andare subito al laghetto e poi alla prigione, mentre eravamo d'accordo per quel pomeriggio. Che disastro!

Per fortuna la mamma mi aveva portata lì, e se facevo una corsa potevo ancora raggiungerlo, e vedere se il rapitore lo stava già seguendo. Sperando, naturalmente, che quelle due si fossero almeno ricordate di chiamare la polizia!

«Lo raggiungo, conosco la strada!» ho detto rapidissimamente, mentre ero già quasi sulle scale.

«Torna per pranzo!» mi ha urlato la mamma, senza sapere che stavo andando ad affrontare uno spietato assassino, uno che avrebbe potuto fare polpettine della sua povera bambina... se solo l'avesse presa. Ma ovviamente io contavo sul fatto che non mi avrebbe presa, perciò ero abbastanza tranquilla anche io.

La strada la conoscevo: era piena di curve e partiva proprio dalla piazza del paese alto. All'inizio era pianeggiante e ci passavano anche le macchine; poi diventava un po' più stretta e un po' più faticosa, ma non era mai ripida.

Non faceva caldo (per via delle nuvole) ma non pioveva ancora, io avevo le mie scarpe da ginnastica (per fortuna, mi ero vestita da gita in montagna!) e insomma sono arrivata al laghetto abbastanza in fretta.

Di Daniele però non c'erano tracce.

Era già partito per la prigione?

Ero arrivata troppo tardi?

Mi sono messa a girare intorno al laghetto, controllando per bene che non ci fosse nessuno dietro le canne.

E a un certo punto, proprio quando ero praticamente invisibile, nascosta da un cespuglio alto più di me, ho visto che si stava avvicinando qualcuno.

Saliva dalla strada ed era chiaramente lui: zainetto pieno di armi da cui non si separava mai, testa quasi del tutto pelata, aria da innocente. Non c'erano dubbi.

Per di più ero sicurissima di non averlo mai visto

prima, perciò doveva essere arrivato sull'isola con l'ultimo traghetto, lo stesso su cui aveva viaggiato Daniele.

Si guardava intorno proprio come se volesse essere certo di essere da solo; poi, con un'ultima occhiata a destra e a sinistra, si è fermato e si è seduto su un grosso sasso, molto vicino a dove ero nascosta io. A questo punto ha aperto il suo terribile zaino, e io ho avuto un attimo di vera paura, perché da lì poteva uscire di tutto, anche un mitra o un'alabarda, e invece per fortuna ha tirato fuori semplicemente un grosso binocolo dall'aria molto seria e professionale.

Evidentemente anche lui aveva perso Daniele, e lo stava cercando; infatti si è messo a guardare in tutte le direzioni con quel grosso binocolo nero, fino a quando non l'ha puntato verso l'alto, ha girato un po' la rotellina che serve a mettere a fuoco e ha fissato lo stesso punto per almeno cinque minuti.

Io non ne potevo più di stare ferma: mi formicolava una gamba e mi prudeva un braccio, perché c'era un cespuglio che mi faceva il solletico; ma ovviamente di lì non potevo muovermi fino a quando lui non ricominciava a seguire Daniele: non potevo certo rischiare che mi vedesse!

Lui guardava dentro il binocolo e io guardavo lui: era la prima volta che vedevo un rapitore e volevo osservare tutto, per poi saperne riconoscere uno, se ne avessi incontrato un altro.

Aveva più o meno l'età dei Genitori ed era più basso sia di Marco che – ovviamente – del mio babbo Roberto. Non era magro, anzi: mi sembrava che avesse un pochino di pancia, anche se non era proprio grasso. Era vestito con un paio di pantaloni di colore rosso scuro e con una maglietta senza maniche verde, aveva le scarpe da ginnastica e insomma, in realtà, sembrava proprio normale. L'unica cosa che non era affatto normale era quel grande zaino da cui spuntavano delle specie di pali neri: io ero sicura che fossero dei pezzi di fucile o di pistola, anche se non avevo mai visto né un fucile né una pistola.

Mi ricordo esattamente il momento in cui ho pensato che forse non era stata una buona idea, questo mio piano.

Mi ricordo anche che mi sono chiesta se non era meglio stare in giardino a guardare le piante o in casa di Enrica a immaginare come poterla rendere un po' più vivace e allegra.

E mi ricordo anche che – in quello stesso momento – Leone mi è mancato più che mai, perché ho capito che, se ci fosse stato lui, non avrei avuto nessun dubbio.

Solo che proprio mentre pensavo queste cose il rapitore si è rimesso lo zaino in spalla ed è ripartito verso l'alto, con calma, come se non ci fosse nessuna fretta.

Ovviamente io non potevo seguirlo subito, altrimenti mi avrebbe vista. Però non potevo neppure rimanere ferma lì, perché se no mi avrebbe distanziato troppo.

Così non sapevo che cosa fare, fino a quando non mi è venuta un'altra idea: dovevo superarlo e aspettarlo più in alto. Non era impossibile, se stavo attenta: passando fuori dal sentiero, tra gli alberi e i cespugli, e facendo un giro un po' più largo, ce la potevo fare.

Mi sono mossa piano piano, spostando un piccolo pezzettino di piede alla volta, fino ad allontanarmi un bel po' da lui; poi mi sono messa ad andare più veloce, e ho capito che non si stava accorgendo di niente, perché era troppo impegnato a cercare Daniele: continuava a guardare dentro il binocolo, a metterlo via, a riprenderlo, a riguardare... e io intanto salivo salivo, lasciandomi sempre più il laghetto alle spalle.

Se non fosse stato molto pericoloso sarebbe stato anche bello: il laghetto era blu e il mare era azzurro, il paese sembrava tutto rosso e rosa, gli alberi e i cespugli erano di tanti verdi diversi e il cielo – pieno di nuvoloni neri – aveva un angolo ancora chiaro e luminoso. Però io in realtà non vedevo quasi nulla, perché ero concentrata sul rapitore e sul suo orribile zaino.

Come se non bastasse, si iniziavano a vedere i ruderi delle case dei guardiani della prigione, e non erano molto tranquillizzanti neppure loro.

Avevo superato il rapitore ed ero arrivata a una casa più grande, che doveva essere stata una sala comune o qualcosa del genere. Aveva un'aria particolarmente triste e paurosa, e non avevo molta voglia di avvicinarmi, anche se dovevo per forza: non c'erano altri posti dove nascondermi, e non potevo certo farmi trovare lì, in mezzo a un prato, ad aspettarlo.

Tutto a un tratto si è sentito un tuono.

La cosa è veramente strana, se ci pensate: aveva

fatto bellissimo da quando ero arrivata sull'isola, e proprio il giorno in cui ero da sola su una montagna con un rapitore pieno di armi dovevano venire i tuoni. Quando si dice la sfortuna! Che poi a me i tuoni non fanno paura per niente, ma se ci sono i tuoni vuol dire che arriva la pioggia, e la pioggia in quella situazione non era la cosa migliore.

Perciò dovevo proprio avvicinarmi a quell'edificio abbandonato, anche perché era l'unico riparo che c'era lì intorno.

Mancavano dei pezzi di muro qua e là e c'era una porta spaccata in due. Dentro era tutto buio e sporco e pieno di cose vecchie che non si vedevano bene.

Non c'erano dubbi: io lì dentro non avevo nessuna voglia di entrare.

Mi sono nascosta dietro un muretto, vicino a delle vecchie reti da olive (o almeno mi ricordavano le reti da olive che usiamo anche noi a casa, ma chissà cos'erano in realtà) e ho guardato la strada.

Dal basso saliva il rapitore, e mi sembrava che venisse più veloce, quasi correndo.

E dall'alto, anche lui veloce, scendeva Daniele.

Il poveretto stava per finire tra le braccia del suo rapitore, e io non sapevo cosa fare.

Cap. 16

SOTTO LA PIOGGIA

Ecco.

C'erano i tuoni.

Ero su una montagna, dietro un muretto, sola, e davanti a me stavano per incontrarsi Daniele e il suo rapitore. Ero l'unica spettatrice. Mi ero cacciata in un bel guaio.

Era il sogno di qualsiasi rapitore un ragazzino così: gli stava finendo proprio tra le braccia, aiuto!

La polizia non si vedeva da nessuna parte, il cielo si era scurito tutto, il rapitore saliva e Daniele scendeva; e io in mezzo, ferma, come se stessi guardando un film dell'orrore, non riuscivo a fare niente.

Cosa avrei dato per essere con la mamma e il babbo, Marco e Valentina, Leone, Goffredo e l'Olandese... Con la mia famiglia non avrei avuto paura, l'avremmo catturato e portato via, avremmo salvato Daniele e tutte le sue dita, senza nessuno sforzo. Da sola, invece...

Si avvicinavano sempre di più. Mancavano pochi passi.

Tendevo l'orecchio, ma non sentivo arrivare nessuna macchina, neanche l'ombra di un poliziotto.

Possibile che quelle due non li avessero avvisati? Non si rendevano conto di quello che stava rischiando?

E poi: come mai Daniele non si accorgeva di niente? Guardava per terra come per cercare bruchi o lumache, e non capiva cosa stava succedendo. Tra l'altro, aveva anche gli occhiali e forse non riusciva a vedere da lontano. Ma accidenti, lo sapeva che volevano rapirlo, no? Perché non stava più attento?

Niente, niente da fare: ancora una curva della strada e si sarebbero trovati uno di fronte all'altro.

E allora mi sono detta: le reti. La sera prima, a letto, me l'ero immaginato, di catturare il rapitore con una grande rete. Nella realtà non potevo catturarlo, ma almeno potevo farlo inciampare e rallentarlo un pochino, mentre io e Daniele ci precipitavamo giù, veloci, verso il paese. Pazienza se non riuscivamo a dimostrare che era un rapitore, pazienza se non c'erano testimoni: saremmo stati salvi, per lo meno!

Non avevo a disposizione una grande rete di acciaio ma solo quel mucchio di reti da olive di fianco alle quali mi ero nascosta; però potevo provare a usarle. Forse non era un piano molto furbo, ma vorrei vedere voi in una situazione così brutta... mi è venuto in mente solo questo, in fondo dovevo salvare la vita a Daniele e dimostrare a tutti che noi bambine di campagna siamo molto coraggiose, quasi come delle piratesse-pirate.

E così, senza pensarci più, ho preso quelle reti e mi sono messa a correre urlando a squarciagola: «Scappa, Daniele, presto! Scappa finché sei in tempo!».

La mia voce si sentiva fortissima perché, a parte i tuoni, era tutto silenzio.

Mi è sembrato che il tempo rallentasse, correvo con quell'enorme matassa tra le braccia, era pesante e un po' umida, ma io non me ne accorgevo neanche.

«Daniele, scappa!» ho urlato di nuovo.

Il rapitore adesso era a pochi passi da me; lui e la sua maglietta verde, i suoi pantaloni rossi e soprattutto il suo terribile zaino pieno di armi.

Tre passi, due... gli sono arrivata praticamente addosso. Ho chiuso gli occhi un istante e ho alzato le reti, poi gliele ho tirate in testa, tra i piedi, da tutte

le parti, girandogli intorno, continuando a gridare e cercando di legarlo approfittando della sua sorpresa.

E qui sono successe due cose che non mi aspettavo minimamente.

Il rapitore non ha cercato di prendermi e neppure di spararmi o di farmi a pezzettini, anzi, è rimasto fermo come un palo, con le braccia lungo il corpo e le reti che gli pendevano da tutte le parti. Aveva gli occhi spalancati e la bocca aperta, come se non riuscisse a credere a quello che vedeva.

E Daniele... Daniele invece di scappare si è messo a correre verso di noi e si è fermato a un passo da me, osservandomi da quella distanza come se fossi un animale pericoloso.

Poi, piano piano, si è tolto gli occhiali, si è stropicciato gli occhi (lo fa sempre, ma io non lo sapevo ancora) e mi ha chiesto con una faccia davvero stupita: «Scusa, perché hai legato l'architetto?».

In quel momento ha iniziato a piovere.

Cap. 17

L'ARCA DI NOÈ

Il rapitore non era affatto un rapitore: era un architetto.

Era venuto sull'isola per studiare la prigione abbandonata, perché voleva trasformarla in una colonia estiva.

Proprio così: una colonia estiva per i bambini e le bambine, dove fare corsi di teatro, dipingere, costruire giochi, andare al mare o a pescare al laghetto e tutto il resto. Una semplice colonia estiva.

Era arrivato il giorno prima, col traghetto su cui c'era anche Daniele, e avevano fatto amicizia. Lui lo sapeva benissimo, che non era un rapitore.

Avevo fatto una figura tremenda: sembravo pazza, con le mie reti e le mie urla.

Ma tutto questo io non lo sapevo.

Continuavo a dire: «Scappa, scappa, ti vuole rapire!» e a cercare di spingerlo via; ma Daniele si è messo a ridere e, ridendo, ha detto: «Mia cugina e la sua amica!», battendosi la fronte come se avesse finalmente capito chi mi aveva messo in quel pasticcio.

«Mi hanno detto tutto, scappa!» ho risposto io.

«Ma non è vero! L'ho inventato io perché loro mi davano noia, ma poi gliel'ho detto che era uno scherzo! Come hai fatto a cascarci?» mi ha chiesto Daniele.

Anche l'architetto si è messo a ridere e ha mormorato incredulo: «Rapire? Io? Ma se sono talmente pasticcione che mi prenderebbero subito!».

E lì, improvvisamente, ho capito.

Tutto a un tratto mi sono accorta della figura che avevo fatto, e ho guardato l'architetto e mi sono vergognata, e ho pensato che ora Daniele non sarebbe mai stato mio amico e mi avrebbe preso in giro per sempre e tutti sull'isola avrebbero saputo che io ci avevo creduto e che avevo avvoltolato di vecchie reti un povero normalissimo architetto, e io questo non lo potevo sopportare.

Avrei dato qualsiasi cosa per poter tornare indietro, per poterlo disfare, per riavvolgere la storia fino a quando ero nascosta vicino a quell'orribile edificio abbandonato. Prima di prendere le reti.

Prima di mettermi a correre. Prima di gridare tutte quelle scemenze. Prima, prima, prima... Che vergogna, che vergogna, dove potevo nascondermi? Non volevo vedere mai più nessuno dell'isola, tutti quegli orribili milanesi. Volevo partire per sempre. Volevo tornare a casa mia, con la mia famiglia e le mie cose. Che ci facevo lì?

Ero proprio disperata, e per di più pioveva e io ero tutta bagnata e sporca e piagnucolosa, così mi sono messa a correre verso casa, sotto la pioggia, e correvo e piangevo e correvo e non vedevo neanche bene dove andavo e inciampavo nei sassi e intanto l'architetto mi chiamava: «Bambina! Bambina, vai piano, ti fai male!», ma io non volevo sentirlo mai più, volevo andare in un posto in cui stare da sola e non parlare mai più con nessuno per tutta la vita, così l'avrebbero capito, che avevano sbagliato!

Quando sono arrivata a casa ero completamente fradicia e molto molto agitata. La mamma mi ha presa al volo e mi ha detto che dovevo stare tranquilla e zitta, poi mi ha preparato un bagno caldo e mi ci ha ficcato dentro a forza anche se io non lo volevo fare, volevo partire subito, in quell'istante preciso.

Dopo il bagno mi ha messo il pigiama come se

fossi piccola e non sapessi vestirmi, poi mi ha infilato nel letto anche se era l'ora di pranzo, mi ha scaldato con una coperta e solo a questo punto mi ha detto: «Raccontami tutto», e io le ho raccontato tutto.

«E quindi Federica e Marzia ti hanno raccontato una bugia e tu ci hai creduto e sei partita per salvare Daniele, giusto?» mi ha chiesto lei alla fine.

«Sì...» ho risposto io pianissimo, perché un po' mi vergognavo anche con la mamma.

«Beh, sei stata veramente eroica!» ha detto lei sorridendo. «Molto eroica e molto tonta, perché se fosse stato davvero un rapitore sarebbe stato troppo pericoloso seguirlo da sola, no? Perciò facciamo così: la prossima volta che qualcuno vuole fare a pezzettini qualcun altro me lo racconti, e il piano lo organizziamo insieme. Per questa volta qui, invece, facciamo un pic-nic sul tuo letto, perché fuori piove e io ho fame. E non ne parliamo più fino alle cinque precise: non vediamo nessuno, non apriamo se suonano alla porta, non ci affacciamo se ci bussano alla finestra e non usciamo neppure sulla terrazza, così per un po' ce lo possiamo dimenticare. Fino alle cinque giochiamo a essere sull'arca di Noè, con fuori la pioggia: io e te e tutte le cose che ci sono in questa casa, ma nessun altro. Va bene?»

Io ho annuito.

Avrei voluto stare sull'arca di Noè per sempre, però, e alle cinque contavo di scappare. Ma ero stanchissima, e avevo fame, e la mamma mi faceva le carezze e ho mangiato un panino e anche un uovo sodo con la maionese e un'albicocca. Tutto sul letto, insieme alla mamma. E intanto parlavamo dei nostri animali (giocavamo a essere Noè) e dei loro problemi. Per esempio io dicevo: «Hai visto i rinoceronti, oggi? Mi sembrano un po' depressi!», e la mamma mi rispondeva: «Hanno litigato coi canarini e sono offesi... dovresti andare a cercarli per farli ragionare», e altre cose di questo tipo.

Quando abbiamo finito di mangiare e ci siamo riposate un po', la mamma ha cercato di convincermi a occuparmi della casa: «Ho parlato con Annalisa stamattina e mi ha detto che è d'accordo con te: questa casa sembra troppo nuova. Secondo te cosa si potrebbe fare?» mi ha chiesto.

Io però ero ancora molto triste e non mi veniva in mente nessun modo di trasformarla: volevo solo partire: «Ma che ci importa di questa casa? Non è mica la nostra! Quanti giorni ci dobbiamo stare ancora? Io voglio partire subito!».

«Non possiamo, Lucilla» mi ha risposto la mamma con la voce che fa quando deve spiegarmi le cose difficili. «Siamo state solo una settimana. Una vacanza di una settimana è troppo breve, io devo ancora abbronzarmi moltissimo e tu devi ancora andare a pescare con il signor Dante, chiacchierare con Alice e conoscere delle persone nuove, che magari non sono neppure ancora arrivate sull'isola... Senza contare che Marzia e Federica sono state antipatiche con te, ma Daniele non ti ha fatto niente e probabilmente è molto simpatico... non vorresti andare a fare delle esplorazioni con lui?»

«Non lo voglio vedere *mai più*!» ho urlato io arrabbiatissima perché neppure lei aveva capito che era una cosa seria, non una cosa di cinque minuti. «Anzi: non voglio vedere mai più nessuno di quest'isola e starò chiusa in casa fino a quando non ripartiremo!»

Avevo appena fatto questa dichiarazione ufficiale che hanno suonato alla porta: *DRIIIIINNNN*...

«Non aprire, ti prego, non aprire!» ho urlato, terrorizzata. «Avevi detto che non avresti aperto!»

«Vado soltanto a vedere chi è» ha risposto la

mamma sottovoce, per non farsi sentire da chi aveva suonato. «Tu nasconditi sotto la coperta e fai finta di dormire».

Poi è andata di là e ho sentito che apriva la porta, usciva sul pianerottolo e parlava con qualcuno. Ha parlato un bel po', poi ha riaperto la porta, è tornata dentro, l'ha chiusa ed è tornata da me.

«C'è qualcuno che vorrebbe vederti» mi ha detto con un gran sorriso.

«Sto dormendo!» ho risposto io, e mi sono sentita tradita perché lei aveva detto che potevo non vedere nessuno fino alle cinque e invece aveva aperto la porta, anche se io glielo avevo spiegato benissimo. «E non voglio vedere nessuno!»

«Sei sicura?» mi ha chiesto lei con una voce strana, come se stesse cercando di non ridere.

«Sì!» ho detto io, mettendo fuori dalla coperta appena un pezzettino di occhio, giusto per vedere se mi ascoltava, non certo per vedere chi c'era, cosa che non mi interessava per niente.

Ma con quel pezzettino di occhio ho visto chi c'era, non so come ho fatto.

Cap. 18

LA TERZA CASA

Era il babbo.

Il mio babbo appena arrivato da Milano, col traghetto del pomeriggio: il mio babbo preferito, il miglior babbo del mondo, il più bravo a far fare le cose ai computer, a costruire aquiloni, a riparare gli oggetti che si rompono, a occuparsi dei pannelli solari, a potare gli ulivi, a curare l'orto e a fare un sacco di altre cose… il mio babbo!

Per un attimo dell'avventura della mattina non mi è importato più nulla: ci aveva raggiunto! Gli sono saltata in braccio e gli ho dato molti baci, perché poverino era stato tutti quei giorni senza di noi, se li meritava. Ora capivo perché la mamma era così contenta!

«Ti ho portato questo» mi ha detto subito lui, e mi ha dato un pacchetto.

Dentro c'era un libro di pirati e anche una maglietta rossa con sopra un teschio uguale a quello

della bandiera dei pirati, giusta giusta della mia misura.

Quelli sì che erano regali!

Per il resto del pomeriggio siamo stati sempre insieme e io gli ho raccontato tutte le cose che avevamo fatto, le persone che avevo conosciuto, i posti diversi dell'isola, gli animali che avevo visto... poi la mamma gli ha raccontato delle mie bugie e lui ha detto che adesso era un bel pasticcio dover conoscere le vicine, dato che in teoria lui doveva essere senza un dito per via di quella notte passata al freddo nel fienile. Abbiamo riso molto e anche l'avventura di quella mattina non sembrava più *così* tremenda.

Prima di cena, mentre la mamma preparava uno dei suoi piatti speciali, il babbo ha tirato fuori il suo computer portatile e mi ha fatto vedere delle foto: c'era una stazione dei treni grandissima (quella di Milano); c'erano delle scale che finivano sotto terra (la metropolitana); c'erano degli angoli di strada che gli erano piaciuti, per esempio perché una finestra aveva delle tende colorate, oppure perché c'era un triciclo su un balcone o cose così. Ma le più belle erano quelle della casa dove era stato ospite, la casa dell'amica di Enrica, un'amica che non so perché per un po' non era a Milano e gli aveva lasciato la casa. Aveva un cortile buffo, con tante biciclette e anche una papera, una vera papera che viveva in un piccolo recinto. Tutto intorno al cortile c'erano lunghi balconi, e tutte le case affacciavano anche all'interno. La casa, dentro, sembrava disegnata come un fumetto: aveva una cucina verde-verde, con una pedana che era anche un armadio per le provviste; una stanza da letto piccolina con un copriletto a scacchi di tutti i colori e una finestra che dava su un giardino; un salotto che era anche la sala da pranzo e aveva un tavolino basso pochi centimetri su cui stava uno stereo e, in un angolo, c'erano dei cuscini per stare seduti per terra; una stanza da letto più grande con una tenda bianca al posto della porta dell'armadio; un bagno con tutte le cose rosse e viola e un grande specchio che sembrava un quadro. Ma la mia cosa preferita erano le finestre, che erano tutte dipinte di un azzurro bellissimo, e mettevano allegria.

«Ti piace questa casa, Lucilla?»

«È bellissima! Questa sì che sembra una casa in cui ci vive qualcuno! È tutta colorata, e ogni stanza è diversa dall'altra... In che camera hai dormito tu?» gli ho chiesto, contenta perché non sapevo che anche a Milano ci fossero delle case belle come a Trebbiantico, e avevo avuto paura che lui fosse stato in un posto triste, da solo, senza di noi.

«Io ho dormito nella camera grande, quella con il letto bianco. Sembra di stare al mare e la mattina ci si sveglia con gli uccellini! È vero, sai? Forse è l'unica casa di Milano dove non si sente neppure una macchina...» mi ha risposto lui, fiero.

«E ti è dispiaciuto lasciarla?» gli ho chiesto io, che lo vedevo molto concentrato su quelle foto, come se per lui fossero importantissime.

«Beh, no, perché venivo da voi... e poi torno tra pochi giorni, non ho tempo di avere nostalgia...»

«Come, ci torni?!?» ho esclamato io, iniziando a preoccuparmi. «Non ti sei ancora stufato di Milano?»

«Ma ci sono stato pochissimo, come faccio a essermi già stufato?» mi ha risposto lui ridendo. «Se sapessi quante cose ci sono da vedere! C'è un castello, un museo dove si possono fare bolle di sapone enormi, dei canali che portano l'acqua verso la campagna, un sacco di giardini, cinema con film interessanti, teatri, librerie, negozi di giocattoli, tram colorati... E poi, ci sono i cortili delle case: sono chiusi e da fuori non si possono vedere, ma se uno sa indagare... se riesce a intrufolarsi... sono tutti diversi e spesso pieni di piante e di sorprese, come la papera del nostro cortile».

«Cosa vuol dire del *nostro* cortile?!?» ho chiesto io, che ero stata molto attenta a non farmi distrarre da tutte quelle cose belle che lui diceva che c'erano a Milano.

«Vuol dire che abbiamo deciso, Lucilla. Abbiamo deciso insieme, io e la mamma. Il lavoro a Milano è molto interessante, e per un anno staremo in questa casa, che è bella e colorata *quasi* come la casa di Trebbiantico. Sono venuto per questo, oggi: volevo dirti di questa decisione e farti vedere le foto».

...

È sceso il silenzio.

Io non ho trovato neppure una parola per rispondere, tutto a un tratto sono rimasta senza.

Ho pensato che quello era il giorno più brutto della mia vita: prima la storia dell'architetto-rapitore e poi questo.

La mia famiglia divisa, niente più casa nostra, con la stanza delle feste e tutto il resto, niente più il mio quasi-fratello Leone, né Marco né Valentina… forse neanche più Goffredo e l'Olandese. E in più, come se non bastasse, dovevo vivere a Milano. Nella città di Federica, Daniele e Marzia.

Come sarei sopravvissuta?

Mi faceva male dentro la gola, come una cosa che spinge e non riesce a uscire. Guardavo il babbo pensando che non c'era niente che potesse andare peggio di così, stava crollando tutto e io mi sentivo persa.

Beh: mi sbagliavo ancora una volta.

Una cosa che poteva andare peggio c'era, e stava per succedere.

Ero lì davanti al babbo con i primi lacrimoni che iniziavano a scivolarmi giù dagli occhi quando è spuntata la mamma, ci ha guardato confusa e, imbarazzata, ha detto: «Scusate… mi dispiace interrompervi…». E poi: «Ci sarebbe Daniele per te, Lucilla. È sceso a trovarti, dice che ti deve parlare».

Ecco cosa mancava.

Ora il disastro era completo.

Cap. 19

L'ISOLA DEI PIRATI

Ho deciso che non tutti i milanesi sono antipatici.

Quella sera terribile, infatti, Daniele è venuto a trovarmi, ha guardato i quadri di Rebecca e mi ha raccontato tutto dell'architetto e della colonia, e anche del fatto che Marzia lui non la sopporta, e per quello le aveva detto che c'era un rapitore: per spaventarla. Sperava in questo modo che lei lo lasciasse in pace!

Altro che fidanzata…

Le cose erano andate così: Daniele aveva conosciuto sulla nave l'architetto e l'architetto aveva prestato il suo binocolo a Daniele per guardare l'isola che si avvicinava, e presto avevano fatto amicizia. Poi Daniele era arrivato e aveva scoperto che, oltre a sua cugina Federica (che lui trova un po' lagnosa ma le vuole bene, perché è sua cugina), c'era anche Marzia, che lui detesta.

C'era rimasto un po' male, perché tutte le volte

che si vedono lei gli si appiccica, dicendo cose che a lui non interessano e dandosi un sacco di arie.

«Ma allora non è la tua fidanzata!» ho detto io, interrompendo la sua storia.

«Fidanzata?!?» ha ripetuto lui, diventando tutto rosso. «Io non ho nessuna fidanzata!»

«Ah, mi pareva» ho commentato io. «Continua».

Così mi ha raccontato che appena si erano visti, per togliersela di torno, le aveva raccontato quella storia di rapitori, sapendo bene che sia lei che Federica sono molto paurose.

«Ma non sapevo che loro l'avrebbero raccontata a qualcun altro!» mi ha detto poi, e sembrava dispiaciuto davvero. «Tra l'altro a cena loro l'hanno tirata fuori... e io ho dovuto dire che era uno scherzo, perché zia Barbara voleva già chiamare la polizia...» E qui ci siamo messi a ridere tutti e due, perché anche sua zia Barbara non è che sembri proprio coraggiosissima. «Io pensavo fosse finita lì!»

«Ma allora perché sei salito sulla montagna?» gli ho chiesto io, che non capivo ancora bene come erano andate le cose.

«Volevo andare a pescare al lago, come sempre!»

mi ha risposto lui, come se fosse la cosa più ovvia del mondo. «Solo che quando sono arrivato su, mi sono accorto che non avevo portato i vermi per pescare... me li ero dimenticati nella loro scatolina, non so come ho fatto. Allora mi sono messo a cercare sotto i sassi del sentiero, su per la montagna, per vedere se trovavo qualche vermino... Ti fanno schifo i vermi?» mi ha chiesto poi, guardandomi tutto a un tratto serissimo.

«Ma no!» ho detto io, ridendo. «Come fanno a farmi schifo i vermi? Pensa che noi andiamo a comprarli in un posto che si chiama la Fabbrica dei Vermi, dove ci sono delle piscine enormi, tutte piene di vermi piccoli piccoli o grandi grandi...»

«Voi andate a comprarli?!?» ha esclamato lui stupefatto. «E perché?»

«Ma per andare a pescare, no?» ho risposto io, trovando che quella fosse una domanda un po' strana. «A volte peschiamo solo con la pappa di pane, ma non funziona mica tanto... e poi dipende da cosa vogliamo prendere. E anche da dove andiamo. Perché se andiamo al fiume...»

«*Tu* vai a pescare?» mi ha chiesto lui, come se mi stesse chiedendo se avevo le ali e le corna verdi.

«Beh, sì. Non proprio tutti i giorni, naturalmente, ma andiamo molto spesso perché, vedi, il mio babbo lavora da casa, perciò ci può portare quando vuole...» ho spiegato io. «A dire il vero, anche la mia mamma e Marco, che è il babbo di Leone, lavorano da casa, ma loro non ci portano mai, perché non sono molto pazienti, e a pescare ci vuole pazienza. E poi la mamma è troppo rumorosa, farebbe scappare i pesci. A pescare bisogna stare zitti, e parlarsi con le mani e con gli occhi. Pensa che una volta...»

E qui mi sono interrotta, perché Daniele mi guardava come se le ali e le corna le avessi davvero.

«Ma tu dove vivi?» mi ha chiesto.

Così gli ho raccontato di Trebbiantico, della nostra casa piena di stanze e della mia famiglia piena di persone, per non parlare del gatto e del cane. Gli ho detto anche della casa sull'albero e del fatto che, se ci fosse un laghetto, la nostra casa sarebbe la più bella del mondo. E poi (non so come mi è venuto fuori) gli ho detto che mi piacerebbe avere un elefante e i capelli rossi e ricci.

Insomma: gli ho raccontato tantissime cose.

Lui all'inizio stava zitto, oppure diceva cose come

“Ma davvero?” o “Non mi prendi in giro?”. Poi, dopo un po’, si è messo a farmi un sacco di domande.

A Daniele non mi è venuta voglia di raccontare le bugie che avevo raccontato a Federica, tutte quelle storie degli artisti poveri: mi sembrava molto più divertente raccontargli la verità, soprattutto perché a lui sembrava tutto incredibile lo stesso!

Alla fine si è fermato a cena ed è scesa anche la sua mamma Annalisa, che ha passato tutto il tempo a parlare di piante con la mamma.

Dopo cena siamo andati in giardino e io mi sono accorta che una bambina di campagna come me sa fare molte più cose di un ragazzino di città, come per esempio salire sugli alberi o costruire cose coi legni.

Insomma: la giornata è finita in un modo molto molto diverso da come avevo immaginato, ed ero talmente di buon umore che quel fatto di andare a vivere a Milano non mi è più venuto in mente fino a quando non sono andata a letto.

«Non ci potreste pensare ancora un pochino?» ho chiesto alla mamma e al babbo quando sono venuti a darmi la buonanotte.

«No» ha detto la mamma, sorridendo. «Non ci penseremo più nemmeno cinque minuti. E sai perché?» mi ha chiesto. «Perché ora vogliamo goderci la vacanza, proprio come te. Il babbo riparte domani, ma tra una settimana torna e sta qui fino alla fine del mese. Ci sarà tempo ad agosto, a casa, per pensare ai cambiamenti... Faremo finta che l'isola sia isolata anche dai pensieri, va bene? Come abbiamo fatto oggi quando pioveva e noi stavamo nell'Arca di Noè...»

«Sì, ma poi tu hai risposto al campanello!» l'ho interrotta io.

«Ma ero io, era un caso speciale!» ha detto il babbo.

E io ho dovuto ammettere che era vero, era un caso speciale, aveva ragione.

E sapete cosa?

Avevano ragione anche sulla vacanza sull'isola: è stata divertente.

Tanto per incominciare Daniele è molto simpatico. Un po' serio e silenzioso e molto meno scatenato di Leone, però simpatico. Gli ho insegnato i nomi di piante e di animali che sapevo, e alcune orme; lui mi ha insegnato dei trucchi per mettere le esche e anche una scrittura segreta che aveva imparato in un libro.

Abbiamo fatto tantissime esplorazioni, perché lui l'isola la conosceva davvero bene, con tutti i suoi sentieri e le grotte e i nascondigli, e conosceva anche tutti quanti.

Siamo anche andati a pescare col signor Dante, che alla fine ha ammesso che sono *decisamente* simpatica, non soltanto *abbastanza* simpatica.

Ma la cosa incredibile è stata che dopo una settimana, proprio subito prima che tornasse il babbo, Marzia è partita e Federica si è trasformata. Cioè: è rimasta sempre una bambina un po' poco avventurosa, però è diventata molto meno antipatica. E quando io e Daniele andavamo a fare il bagno alla grotta vicina, veniva sempre, anche se col signor Dante non è venuta mai, un po' perché le faceva paura e un po' perché lui secondo me non ce la voleva. In più mi ha aiutato a trasformare la casa di Enrica in cui eravamo ospiti con quadri di sassi e foglie, stoffe colorate e altre cose che ci dava la mamma di Daniele.

Con Daniele ho anche parlato della mia famiglia. All'inizio lui non capiva che non era fatta solo

dal babbo e dalla mamma, ma anche da Valentina, Marco e Leone. Poi però mi ha raccontato che nella sua famiglia i nonni sono importantissimi, si vedono tutte le domeniche e si sentono quasi tutti i giorni, e abbiamo concluso che ogni famiglia ha le sue regole, e va bene così.

Cap. 20

SI PARTE (DI NUOVO)

Nei giorni sull'isola io ho cercato di non pensarci più, a quella faccenda di Milano.

Però ogni tanto, facendo in modo che non se ne accorgesse troppo, chiedevo qualcosa a Daniele, tipo se i suoi amici sono simpatici, o cosa fa tutto il giorno.

Non ero completamente tranquilla, è chiaro: ma il fatto che a Milano ci fosse uno come Daniele, a cui piacciono le esplorazioni e tutto il resto, un pochino mi ha rassicurata.

Alla fine del mese ero la bambina più abbronzata, più conosciuta e più graffiata (per via delle rocce) di tutta l'isola.

E poi è venuto il momento di ripartire.

La vacanza era finita e dovevamo tornare a Trebbiantico per organizzare il trasloco.

E sapete cosa?

Ho scoperto che ero triste all'idea di lasciare l'isola.

Con le isole succede una cosa strana: diventano un mondo enorme e piccolissimo contemporaneamente, e ti sembra di farne parte come un sasso o un albero. O almeno a me è successo così. Era stata davvero l'Isola dei Pirati che avevo sognato all'inizio, e io ero stata un'ottima piratessa-pirata, secondo me.

E poi mi ero affezionata sia a Daniele che a Federica, e le cose che avevamo fatto insieme mi mancavano già.

Avevo voglia di tornare a casa, certo, di rivedere Leone e Marco e Valentina e Goffredo e l'Olandese... però non avevo voglia di andare via da lì.

Era strano ma era così: volevo essere in tutti e due i posti nello stesso momento.

Daniele e Annalisa ci hanno accompagnato al porto con la loro macchina, quella macchina grande, con le ruote grandi, che sembrava uscita da un film di guerra americano.

A me è venuto in mente quando li avevo visti per la prima volta, il giorno che tornavamo dalla nostra prima gita con il signor Dante: Annalisa mi era parsa una sportiva bellissima e Daniele una specie di gatto, con quei suoi occhi verdi e lunghi. Mi sono ricordata che lui aveva portato un librone di pesci al signor Dante e che lei era stata molto gentile, e mi è venuta un po' di tristezza.

«Ma tanto ci vedremo presto» mi ha detto Daniele, come se avesse capito a cosa stavo pensando.

«Sì, appena arrivate a Milano, combiniamo una cena da noi!» ha aggiunto Annalisa, rivolgendosi ai Genitori. «Vi devo far conoscere diverse persone che vi piaceranno...» e poi ha iniziato a raccontare di non so che amici.

«Ti dispiacerà non stare a casa tua, vero?» mi ha chiesto Daniele, togliendosi gli occhiali e stropicciandosi gli occhi.

«Un po' sì» ho risposto io. «Ma in fondo è solo per il tempo che dura la scuola, meno di un anno... e poi a Natale torneremo a casa, e anche delle altre volte... E poi, magari Milano mi piacerà, magari sarà una specie di avventura...»

«Io credo di sì» ha risposto Daniele, serio-serio come è lui. «Secondo me sarà proprio un'avventura».

Dopodiché è successa una cosa che non mi aspettavo: Daniele mi ha dato un regalo. Era un po' imbarazzato: mi ha allungato un pacco tutto chiuso con tre giri di spago, rettangolare come un libro, e ha detto: «Aprilo sulla nave».

Proprio in quel momento si è sentito l'annuncio che diceva che bisognava salire: i marinai si stavano preparando (giravano maniglie, tiravano corde, parlavano alla radio) e la nave stava per partire.

Noi tre siamo saliti per ultimi, con tutti i nostri zaini e le nostre borse e i nostri sacchetti, e io con la mia scimmia Hilda e il mio pacchetto. Ero così curiosa!

Appena ho potuto, mi sono nascosta in un angolino e ho aperto il regalo. Era un quaderno alto, con la copertina rigida e rossa. Sembrava proprio un libro, ma dentro non c'era scritto niente. Però in mezzo c'era un foglio, e il foglio diceva così:

Cara Lucilla,

non ti ho mai ringraziato perché sei venuta a salvarmi, ma lo faccio adesso. Questo quaderno è per scrivere le tue avventure, perché non ho mai conosciuto nessuno che ne facesse tante come te.

Il tuo amico Daniele

Ho guardato il quaderno. La penna ce l'avevo.

Ho iniziato a scrivere, a me le storie vengono bene. E la storia che ho scritto è quella che voi state leggendo ora.

Cap. 21

QUASI DIECI

Ecco, avevo iniziato questa storia dicendo che ho nove anni: è ancora vero, ma soltanto per poche ore, perché domani, venerdì 9 settembre, ne compio dieci.

E dato che ho quasi dieci anni, tra pochi giorni inizio la quinta elementare, l'ultimo anno prima delle medie. Andrò in una scuola nuova, una scuola milanese che non ho ancora visto.

Ci sono stati così tanti cambiamenti in così poco tempo che ho bisogno anche io di raccontarmi e ri-raccontarmi tutto quanto, se no mi perdo.

Adesso sono una bambina milanese.

Cioè: sono ancora una bambina di campagna, perché so sempre salire sugli alberi e tutto il resto, però sto a Milano, quindi sono anche un pochino una bambina milanese. Tra l'altro qui tutti mi chiamano "ragazzina", nei negozi, in giro: quindi forse sono una *ragazzina* milanese. Una bambina di

Trebbiantico e una ragazzina milanese, tutte e due le cose.

Insomma, non ho le idee chiarissime, ma non importa.

La casa nuova è bella veramente, proprio come nelle foto del babbo.

La papera è di un restauratore di mobili, che vende anche piatti vecchi e tantissime altri oggetti strani. Il suo negozio sembra una soffitta delle favole, di quelle dove si trovano le lampade magiche e le mappe del tesoro. Dice che la sua papera non ha un nome, si chiama papera e basta. Non so se mi ha convinto, comunque la papera c'è, e fa un bel qua-qua da papera.

C'è anche il cortile con tutti i balconi; e al primo piano c'è la nostra casa, che è molto piccola (soprattutto per noi che siamo abituati a Trebbiantico), però è tutta colorata.

Non abbiamo dovuto portarci quasi niente (tranne i vestiti e qualche oggetto oppure i libri) perché l'amica di Enrica ha lasciato i mobili, ma anche i piatti, le pentole, le lenzuola, tutto.

Io preferisco così, perché è come stare in un albergo: in una grande camera d'albergo tutta colorata, piena di cuscini e soprammobili di legno. Però la casa vera resta quell'altra, con dentro tutte le nostre cose.

A Trebbiantico, nel Lato Corto, sono andati a stare quegli amici di Valentina. Non si devono abituare troppo, gliel'ho detto: quella è casa *nostra*. Chissà se l'hanno capito. Per sicurezza io ho messo i miei libri preferiti sui ripiani più alti, non si sa mai.

Comunque staranno a casa nostra *esattamente* per nove mesi: da settembre a maggio. All'inizio di giugno torniamo noi, e speriamo che loro nel frattempo abbiano trovato una casa in campagna lì vicino, se no se ne devono tornare in città, poveretti.

Il babbo ha deciso che trasportare tutti i suoi computer era impossibile, e poi tanto lui qui a Milano non lavora da casa ma da questo suo nuovo ufficio; perciò abbiamo chiuso nella sua stanza tutte le cose nostre che non volevamo che gli altri usassero e ci abbiamo messo un bel lucchetto: quello è rimasto territorio solo nostro. Non è una grande soddisfazione, lo so, ma è meglio che niente. E poi, è il principio che conta: vuol dire che loro sono gli ospiti, e che noi torneremo presto.

La nostra vita è cambiata completamente: siamo molto più soli, soprattutto io e la mamma; abbiamo poco spazio; non c'è più nessun orto, nessun albero e nessun cane e nessun gatto. Alla fine la mamma aveva salutato Goffredo e l'Olandese con le lacrime agli occhi, dicendo che non poteva costringerli a stare chiusi in pochi metri, proprio loro che sono abituati a tutto quello spazio in cui giocare.

Sembrerebbe una vita triste, se non fosse che oggi mi è arrivato il mio primo invito ufficiale a una festa milanese e sono emozionatissima.

Ci saranno i camerieri? Le persone saranno tutte eleganti? Gli invitati riceveranno dei regali anche loro? Ci saranno i giochi? Proprio non ho idea di cosa accadrà, e sono molto curiosa.

Stamattina mi sono svegliata e già lo sapevo che sarebbe stata una bella giornata, perché è giovedì (che, come sapete, è il mio giorno preferito).

Infatti sono successe ben *due* cose eccezionali.

Prima di tutto mi hanno invitato alla festa. Cioè: mi ha invitato Daniele, perché sabato è il suo compleanno. Già, perché questa è una delle tante cose che abbiamo scoperto di avere simili, io e lui: siamo nati appiccicati, io il 9 e lui il 10 (naturalmente di anni diversi, perché io compio dieci anni e lui ne compie dodici, però sempre appiccicati).

Così, siccome il 10 guarda caso è sabato, lui fa una grande festa.

«Ma se vuoi sarà anche un po' la festa per il *tuo* compleanno!» mi ha detto al telefono. «Anzi: chiederò alla mamma se possiamo avere due torte, una per me e una per te».

Ora: siccome la mamma di Daniele è una mia amica, abbiamo fatto insieme tutte quelle cose per la casa di Enrica sull'isola e per di più lei vede continuamente la mia mamma, secondo me avrò una torta anche io.

Ma ci pensate?

Una torta milanese tutta per me, chi l'avrebbe mai detto!

E forse mi faranno anche dei regali.

Così, alla fine, invece di avere un solo compleanno quest'anno ne avrò due, uno domani con la mamma e il babbo e uno dopodomani con Daniele e Annalisa.

Certo, mi mancherà il resto della mia famiglia… e soprattutto Leone.

Ecco perché la seconda cosa eccezionale che è

successa oggi mi ha fatto tanto piacere: mi è arrivato un pacco da Trebbiantico.

L'abbiamo trovato sopra la buca stamattina, quando siamo tornate dalle nostre commissioni.

Era un bel pacchetto rettangolare, abbastanza spesso e pesante.

Sopra c'era scritto:

PER LUCILLA MAGNOLFI (che sarei io),
VIA PIETRO CUSTODI 8, MILANO.

Era proprio per me, non ci potevo credere!

La cosa più bella è che dentro il pacco c'erano tante cose diverse:

- una lettera di Leone
- un bigliettino di Valentina
- una poesia un po' lunga ma non troppo di Marco
- un regalo di Marco (un CD di musica tutto per me)
- un regalo di Valentina (un libro che parla di una bambina che vive su un albero insieme a una sua amica)
- un pacco tutto chiuso con dentro il regalo di Leone

Io ero un po' in dubbio, non sapevo se aspettare proprio il giorno del mio compleanno oppure no, per aprire i regali. Solo che tanto il CD e il libro si capiva benissimo che erano un CD e un libro, così li ho aperti subito. E il bigliettino di Valentina era appiccicato sul libro, e diceva soltanto:

Cara Lucilla,

ci manchi molto, ti mando un libro nuovo che spero ti piaccia, festeggia un bel compleanno milanese.

Valentina a volte è un po' spiccia, ormai lo sapete anche voi.

Insomma: le cose dei Genitori le ho aperte.

Il pacchetto e la lettera di Leone, invece, ce li ho qui davanti, ancora chiusi.

Io sono a letto, nel mio nuovo letto con il copriletto a scacchi di tutti i colori. È tardi e dovrei dormire.

Sento che i Genitori mettono in ordine le cose della cena e chiacchierano piano, per non svegliarmi, perché pensano che io stia già dormendo.

In fondo ormai è quasi domani, è quasi il mio compleanno: adesso posso aprirli.

Per
Lucilla

Prima il pacchetto.

Strappo la carta piano piano, perché i Genitori non mi devono sentire: esce una stoffa nera, lucida. Non capisco subito cos'è.

Apro la lettera. È corta (Leone non ama scrivere cose lunghe, lo so benissimo) e dice così:

Cara Lucilla,

tu sei andata a Milano e io ho nostalgia, ma ti immagino su un vascello pirata, partita per fare le avventure in giro per il mondo, e so che quando tornerai tu mi racconterai cosa hai fatto e io ti racconterò cosa ho fatto e saremo come sempre.

Buon compleanno dei dieci anni.

Il tuo quasi-fratello Leone

Chiudo la lettera e apro la stoffa nera: è un'enorme bandiera dei pirati, o forse delle piratesse-pirate.

È quasi il mio compleanno, io sono seduta sul letto, avvoltolata nella mia bandiera insieme a Hilda, la scimmia.

Arriveranno le avventure anche a Milano, e io sono pronta.

INDICE

Colibrì

IN ERBA

Stefania Fabri
Adesso che sono buono

Anna Sarfatti
Capitombolo sulla terra

Emanuela Nava
Coccodrilli a colazione

Anna Lavatelli
Tito Stordito

Loredana Frescura
Marco Tomatis
Massimo da sistemare

Mario Lodi
Il mistero del cane

Lucia Tumiati
Il mio amico invisibile

Vanna Cercenà
Una gatta in fuga

IN GAMBA

Lucia Tumiati
La pace è bella

Luigi Ballerini
L'estate di Nico

Simona Toma
Il signor Francone

Janna Carioli
Giò denti di ferro

Annalisa Strada
Il bambino perfetto

Bruno Tognolini
Cantoparlante

Fabiana Camerin
Lili e le streghe di Cork

Guido Sgardoli
Blatt

Luisa Mattia
La congiura delle zie

Luigi Ballerini
Zia Dorothy

Anna Lavatelli
Dove ti porta un bus

Sara Marconi
Le tre case

INSTANCABILI

Aquilino
Ti salverò, Canaglia!

Giusy Quarenghi
Strega come me

Christian Antonini
Fuorigioco a Berlino

Angela Nanetti
Viola dei 100 castelli

Pino Pace
L'ultimo elefante

Christian Antonini
Una lettera coi codini

Guido Sgardoli
Due per uno

Colibrini

IN MAIUSCOLO

Isabella Paglia

UNO

Mario Lodi

PAURA DELLA NOTTE

Cristina Petit

LA SIGNORA BIGNÈ

Gina Lagorio

SCHITIMIRO E MAMMA NASELLA

IN CAMMINO

Silvia Roncaglia

LA PRINCIPERSA

Bruno Tognolini

GUANCE CILIEGINE

Alice Keller

NEL PAESE DI SESTO MALANNI

Sivia Vecchini

GUGLIELMO È NEI GUAI!